JN116331

# 闇の水脈　天保風雲録　第二部

川喜田八潮

Parade Books

# あらすじ

天保《てんぽう》十四年（一八四三）晩秋の閏《うるう》九月、江戸下町・本所回向院《ほんじょえこういん》の境内《けいだい》で、生き別れとなっていた、ふたりの中年の男女が、十年ぶりに劇的な再会を果たした。

男は、今は、浅草で私塾・水明塾《すいめいじゅく》を営む市井《しせい》の陽明学者・河井月之介《かわいつきのすけ》、女は、常磐津《ときわづ》の師匠・音羽《おとわ》。

ふたりは、互いの数奇な運命について語り合い、今、再びめぐり逢ったことの不思議さの中に、この世の裏に秘められた、目に視えぬ霊妙な〈闇〉の気配を感受するのだった。

そこには、同時に、六年前に起こった大塩平八郎の乱に象徴される、天保期の荒廃した不条理な世相が影を落としていた……

一方、水明塾の塾生で、月之介の愛弟子《まなでし》である旗本の青年、刈谷新八郎《かりやしんぱちろう》は、己れの生きる意味を見出すことができずに、〈引きこもり〉の部屋住《へやず》み暮らしを続けながら、もがき苦しんでいた。

心の通わない家族と冷やかで殺伐とした大人たちのつくり出す、閉塞した空気感の中で、ひとり無意味に朽ち果てていくような不遇感に苛《さいな》まれながら、懸命に〈出口〉を探し求める新八郎は、月之介の娘である恋人の絵師・お京《きょう》の助言で、彼女の師匠である葛飾北斎《かつしかほくさい》の娘・お栄《えい》に出会い、北斎の肉筆画の世界に息づく〈龍《りゅう》〉の気配に、思わぬ〈生〉の啓示を受けることになる……

水明塾の仲間で、秘密結社・革世天道社《かくせいてんどうしゃ》のメンバーであった親友・小幡藤九郎《おばたとうくろう》の思いもかけぬ〈悲劇〉に、いや応もなく巻き込まれてゆくことで、新八郎の運命もまた、大きく狂い出し、この世の秩序を超えて妖《あや》しくうごめく〈闇〉の世界へと転生《てんせい》を遂《と》げてゆく……

徳川幕藩体制が大きく揺れ動き、近代と前近代の諸価値が烈《はげ》しくしのぎを削り合う、黒船来航前夜の、アナーキーな空気感の漂う天保期を舞台に、「幕末ニート」刈谷新八郎の劇的な生の軌跡を描き上げる時代劇巨編。

# 登場人物一覧

**河井月之介**《かわいつきのすけ》　四十二歳、私塾・水明塾《すいめいじゅく》を営む市井《しせい》の教師
**秋江**《あきえ》　三十七歳、月之介の妻、漢方医・建部良庵《たけべりょうあん》の弟子
**お京**《きょう》**（京子）**　十九歳、月之介と秋江の一人娘、絵師、お栄《えい》の弟子
**音羽**《おとわ》**（おゆき）**　四十二歳、常磐津節《ときわづぶし》の師匠、月之介の恋人
**刈谷新八郎**《かりやしんぱちろう》　二十二歳、旗本・刈谷家の次男、水明塾の塾生
**刈谷頼母**《たのも》　新八郎の父、元・蔵《くら》奉行
**織江**《おりえ》　新八郎の母
**刈谷伝七郎**《でんしちろう》　新八郎の兄、勘定組頭《かんじょうくみがしら》
**片桐志野**《かたぎりしの》　新八郎の姉　旗本・片桐惣右衛門《かたぎりそうえもん》の妻
**奥村邦江**《おくむらくにえ》　織江の妹、旗本・奥村忠左衛門《おくむらちゅうざえもん》の妻

**お栄《えい》**
絵師、葛飾北斎《かつしかほくさい》の娘

**小幡藤九郎《おばたとうくろう》**
二十七歳、本名・弥助《やすけ》、上州・水上村《みなかみむら》の百姓《ひゃくしょう》出身
高野長英《たかのちょうえい》の弟子、水明塾の塾生

**狭間主膳《はざましゅぜん》**
三十八歳、私塾・志斉塾《しせいじゅく》を主宰、佐藤一斎《さとういっさい》の門弟
革世天道社《かくせいてんどうしゃ》の首領

**黒川竜之進《くろかわりゅうのしん》**
三十四歳、志斉塾の塾長、元・甲府勤番与力《こうふきんばんよりき》
革世天道社の幹部

**村上喬平《むらかみきょうへい》**
二十八歳、志斉塾の助教、元・信州飯山《いいやま》藩士
革世天道社の幹部

**犬飼源次郎《いぬかいげんじろう》**
勘定所《かんじょうしょ》・勝手方《かってかた》役人

**津田兵馬《つだひょうま》**
江戸南町奉行所与力《よりき》

**望月伊織《もちづきいおり》**
元・大坂西町奉行所同心《どうしん》、大塩の残党
音羽の配下

**伊吹佐平太《いぶきさへいた》**　元・美濃岩村《みのいわむら》藩士、音羽の配下

**猿《ましら》の吉兵衛《きちべえ》**　元・武蔵川越《むさしかわごえ》の水呑《みずのみ》百姓、音羽の配下

**小染《こそめ》**　吉原の遊女、藤九郎の幼なじみ

**松吉《まつきち》**　藤九郎の下男

**五兵衛《ごへえ》**　月之介の下男

**嘉助《かすけ》**　刈谷家の中間《ちゅうげん》

**お民《たみ》**　刈谷家の女中

**犬飼源次郎の小者《こもの》**

**黒川竜之進の配下多数**

**江戸南町奉行所の捕《と》り方《かた》多数**

目次

第一部

## 第二部

# 闇の水脈　天保風雲録　第二部

# 第六幕　藤九郎

## （8）第一場　天保《てんぽう》十四年（一八四三）・初冬〔陰暦《いんれき》・十月〕

浅草《あさくさ》の河井月之介宅の一室（書斎）。夕方。
行燈《あんどん》に火が灯《とも》っている。

水明塾の講義終了後、塾生の小幡藤九郎《おばたとうくろう》と刈谷新八郎が、月之介の書斎を訪れる。
庭先に面した縁側《えんがわ》と書斎は、障子《しょうじ》で隔てられている。
書斎では、月之介が一人机に向かい、筆を走らせている。

**藤九郎**　（縁側から、障子越しに、月之介に話しかける）先生……。小幡藤九郎と刈谷新八郎ですが、二、三質問したき儀《ぎ》がございますが、宜《よろ》しいでありましょうか？
**月之介**　……うむ。…他の塾生《じゅくせい》諸君は、皆、帰ったのか？
**藤九郎**　…はい、残っておるのは、われら両名だけでござる。
……失礼いたします……（障子を開けて、書斎に入る両名）

月之介　……で、質問とは何かの？　……本日講読した大塩殿の『洗心洞箚記《せんしんどうさっき》』の本文についてか？

藤九郎　…はい、本日の先生の講義は、これまで長らく講読を続けてこられた『洗心洞箚記』の「上」の巻《まき》の内容を、改めて総括《そうかつ》され、河井先生御自身のお考えと大塩平八郎殿の思想の〈接点〉を簡潔にお示しになられると共に、おふたりの思想の根本的な〈違い〉をも暗示《あんじ》なされたものと、……私は感じました。

それは、ここにいる新八郎も同感だと申しております。

月之介　…うむ…一応、そう受け止めてもらって、宜《よろ》しいかと思うが……

藤九郎　…そこで、質問なのですが、私の理解では、河井月之介先生と大塩平八郎殿の〈まなざし〉には、根底において、深く通ずるものがありながら、なにゆえに、人としての生きざまにおいて、河井先生は、最終的に大塩殿と道を共にされず、〈訣別《けつべつ》〉されてしまわれたのか？　…という疑問について、いまだ釈然《しゃくぜん》としないところがあり、改めてお聞きいたしたく、お邪魔《じゃま》いたした次第《しだい》なのです……

月之介　……うむ……無理からぬことじゃ。おぬしたちも知っているように、私は、天保二年から天保四年までの三年間、大坂に在《あ》って、大塩平八郎殿の洗心洞《せんしんどう》の塾生として、直《じか》に彼の謦咳《けいがい》に接してきた……

私の思想の骨格は、大坂時代の三年間における大塩殿の陽明学の修得《しゅうとく》と、彼との思想上の〈格闘《かくとう》〉によって形作られたといってもよい。

**藤九郎**　…はい…

**月之介**　…それだけに、なぜ、私が大塩殿と袂《たもと》を分かつことになったかは、おぬしたちも、さぞや気にかかることであろうと察《さっ》しておる。

**藤九郎**　…はい…

**新八郎**　…はい…

**月之介**　……実際、大塩殿の思想と私自身の考えの〈岐《わか》れ路《みち》〉は、私にとって、生涯の最大の正念場《しょうねんば》のひとつであり、今の私自身の「生きること」の心棒《しんぼう》に関わる重大事だったのだ……

**藤九郎**　…はい…

**月之介**　そこには、一口では概括《がいかつ》できぬような、まことに繊細な、容易に解《と》きほぐしにくい問題が横たわっておる……。先ほどの講義でも、十分に意を尽《つ》くした語り方は、できなんだ…と、自分でも思うておったところじゃ……

そうじゃのう、まずは、大塩殿が、この世界というものを、どのようにとらえておられるか、…そこから、再度、簡潔に順を追っておさらいしてみるか。

その上で、わしの考え方との違いに触れてみよう。

**藤九郎**　……はい……

**三人とも、それぞれ、己《おの》れの手にしている『洗心洞箚記《せんしんどうさっき》』のテキストを見る。**

**月之介**　（以下、しばらく『洗心洞箚記』の本文を見ながら語る）…まず、「形《かたち》よりして言へば、則《すなわ》ち身は心を裹《つつ》み、心は身《み》の内に在《あ》り。道《みち》よりして観《み》れば、則《すなわ》ち心は身《み》を裹《つつ》み、身は心の内に在《あ》り」という一節を、もう一度味わってみよう。

前半の「形よりして言へば、則ち身は心を裹み、心は身の内に在り」という文章はこういうことだ。つまり、表面的な形にのみとらわれてみるならば、われわれの心というものは、われわれの肉体の中に個々別々に備わっているようにみえるのであり、われわれの肉体の外側にある一切の天地自然・万物とは無関係な、孤立した働きのようにみなされがちである、ということだ。

**藤九郎**　…はい…

**新八郎**　…はい…

**月之介**　こういう表面的なものの見方にとらわれている限り、われわれ自身の〈心〉がどうであろうと、世界は、一見、われわれ自身とは無関係に動いているようにみえる。しかし、〈天道《てんどう》〉に則して視《み》るならば、そうではない……

後半の「道よりして観れば、則ち心は身を裹《つつ》み、身は心の内に在り」という文章は、その〈天道〉の視点を説明したものじゃ。

**新八郎**　…はい…

**月之介**　〈天道〉に則して視るならば、逆に、われわれの肉体も、われわれの外側にあるようにみえるこの世の一切の存在も、実は、われわれの〈意識〉を超えた、もっと大きな〈心〉の働きの顕《あら》われにすぎない、というのが、大塩殿の〈世界へのまなざし〉なのだ。

**藤九郎**　…はい…

**新八郎**　…はい…

**月之介**　このことは、一見奇妙なものの見方であるように思われるかもしれぬが、よく考えてみると、実はきわめて当然のことなのだ。

われわれが日々、目《ま》の当たりにし、体験している生活上のあらゆる風景、あらゆる出来事というものは、必ず、われわれにとって、なんらかの〈意味〉を帯びた姿・形をとって顕《あら》われる。

**新八郎**　…はい…

**藤九郎**　…はい…

**月之介**　考えてみれば、これはまことに不思議なことなのじゃ。

あるものは、われわれにとって「美しい」姿をとり、あるものは「醜い」姿をとる。秩序立った、すこやかな形をとるかと思えば、逆に、病み、乱れ、混沌《こんとん》とした姿をさらけ出すこともある。優《やさ》しく穏《おだ》やかな風貌《ふうぼう》を示すかと思えば、狂暴で殺気《さっき》立った気配《けはい》を漂わせることもある。みずみずしい光の形相《ぎょうそう》をとることもあれば、底知れぬ闇の深さを垣間《かいま》見せることもある……

日々の暮らしの移ろいの中に立ち顕われる諸々の〈感覚〉は、まさに、千差万別《せんさばんべつ》・千変万化《せんぺんばんか》の姿をとりながら、そのつど何ものかの〈意味〉、何ものかの〈価値〉を、われらに啓示《けいじ》しておる。

すなわち、われわれが、己《おの》が肌《はだ》で、己がまなこで、己が身体《からだ》で感じ取ることができる、一切の風景、一切の事物とは、つねに、ある生きた〈表情〉をもって、われらに何事かを訴えているものなのだ。

**新八郎**　…はい…

**藤九郎**　…はい…

**月之介**　これは、考えれば考えるほど、味わい深い、不思議なことなのじゃ。

この世の森羅万象《しんらばんしょう》とは、決して、われらの身体と無関係な存在ではなく、目には視《み》えぬ霊妙《れいみょう》なえにしによってわれら自身と結ばれ、われらの理解を超えた、目に視えぬ〈天道《てんどう》〉のはからいによって、われらの眼前に立ち顕《あら》われたり、消えたりしている、と考えるほかはあるまい……

**新八郎**　…はい！

**藤九郎**　…はい…

**月之介**　だとすれば、われらが通常、己《おの》れ自身の心だと思い込んでいる諸々《もろもろ》の思念や感覚や欲望などは、実は、われらの心の〈本体〉ではなく、真《まこと》の心の〈本体〉は、われらの身体とその外側に限りなく拡《ひろ》がっておる森羅万象をつかさどる、目に視えぬ〈天の心〉にほかならない、ということがわかる……

「躯殻《くかく》の外の虚《きょ》は、便《すなわ》ち是《こ》れ天なり。天とは吾《わ》が心なり。心は万有を葆含《ほうがん》すること、是《ここ》に於《お》いて悟《さと》るべし」と言われるのも、このことじゃ。

**新八郎**　……はい。その森羅万象をつかさどる、われら自身の〈本体〉の心のことを、大塩殿の陽明学では、〈太虚《たいきょ》〉と名づけておられるのですね？

**月之介**　その通りじゃ。人は、この〈太虚〉と一体となることによって、初めて、孤立と死の恐怖から来る、あさましい我執《がしゅう》を超えて、己れ自身とえにしある者たちと共に生き、幸せな、実りある人生を送ることができる、というのが、大塩殿の陽明学の真髄《しんずい》であると、わしは考えておる。

**新八郎**　……はい……

**藤九郎**　……はい……

**月之介**　その〈太虚〉と一体となるための精進《しょうじん》のあり方を、大塩殿は、「人心の太虚に帰するは、亦《ま》た独《どく》を慎《つつし》み己《おの》れに克《か》つよりして入《い》る」と説明されておる。「独《どく》を慎《つつし》み」という言葉にある「独」とは、「孤独」の「独」じゃ。

**新八郎**　…はい…

**月之介**　「独を慎み」「己《おの》れに克《か》つ」とは、日常生活で要求される、ありとあらゆる、ささやかな行為に、そのつど無心に集中し、その行為を研《と》ぎ石《いし》として、己れの孤独な魂の〈本源〉の姿に、純粋に立ち帰ろうと努めることをいうのじゃ。

孤独な魂の本源に立ち帰るとは、世間《せけん》とか人の世の仕組《しくみ》やしきたりの外に立ち、この世の一切の見せかけや約束事に汚《けが》されていない、混じりっけのない〈闇〉の世界に降りてゆくことをいう……

**藤九郎**　……はい……

**月之介**　人の世の仕組・からくり・見せかけを超えた、純粋な〈闇〉の水脈に降りてゆくことで、初めて、人は、この世を目に視えぬところでつかさどっている霊妙な〈太虚〉の働きを体得しうる……

そこまで、己《おの》れのまなこを純化し、深めてゆくための修練の場が、われらの〈日常〉の人や物との〈出会い〉の体験なのだ。

**藤九郎** ……はい……

**新八郎** ……はい……

**月之介** そのように、生活の一つひとつの所作・営みを疎《おろそ》かにせず、魂を込めて実践してゆくことで、心の本体たる〈太虚《たいきょ》〉と一体化し、この世の束縛《そくばく》を超えながら、この世の内にあって〈天道《てんどう》〉の声に従って生きんとするのが、わが陽明学の精神の真髄《しんずい》なのじゃ。

**藤九郎** …はい……

**月之介** 世俗や日常生活の課してくる諸々の〈束縛〉から逃げるのではなく、逆に、その〈束縛〉を逆手に取って、己れの直面している日々の課題に、無心に打ち込むことで、〈解《げ》脱《だっ》〉への道をめざす、ということじゃ。

**藤九郎** …はい！

**新八郎** ……はい……

**月之介** ただし、ここで気をつけねばならぬことは、〈太虚〉と一体化するということは、決して、仏道で説かれる「色即是空《しきそくぜくう》」への道、すなわち、色や匂いのある生身の感覚を「空《むな》しきもの」とみなして、一切の煩悩《ぼんのう》・人欲《じんよく》を排して、涅槃《ねはん》の境地に至らんとすることではない、ということじゃ。

ここは、くれぐれも、誤解なきようにせねばならぬ。

**新八郎** …はい…

**藤九郎** …はい…

**月之介** 大塩殿の〈太虚〉の思想が、われらの日々の風景に立ち顕《あら》われる生身の感覚への、みずみずしい〈驚き〉の心によって支えられていることからも、彼が、物に感じやすい、繊細でゆたかな感受性の持ち主であったことがわかる……

そのような御仁《ごじん》が、仏道の「白骨観法《はっこつかんぽう》」に毒された「色即是空」の道を説かれるはずもなかろう。

**新八郎** …はい…。大塩殿は、決して〈出家遁世《しゅっけとんせい》〉による冷たい悟《さと》りの道をめざされたのではなく、むしろ、色や匂いのある、ゆたかな感覚に包まれながら、生活の実践に徹することで、あさましい我執《がしゅう》を超えた、天道に通ずる、独特の〈解脱《げだつ》〉の境地をめざされたのですね……

**月之介** その通りじゃ。

新八郎　その意味では、先生が、以前引き合いに出された荘子《そうじ》の解脱《げだつ》の境地にも、深く通ずるものがある、と考えてよろしいのでしょうか？

月之介　わし自身は、大塩殿の道徳や政《まつりごと》への儒教的な使命感を別とすれば、彼の世界への〈まなざし〉そのものには、荘子の思想に深く通ずるものがあると考えておる。

新八郎　…はい…

月之介　しかし、この色や匂いのある生身の感覚を重んずるという、大塩殿の思想は、その人間らしい〈温かさ〉のゆえに、かえって、痛ましい〈落とし穴〉に導かれてしまったのじゃ……

藤九郎　……はい、私のこだわりの場所も、そこにござりまする。

月之介　…うむ…。物に感じやすい心をもった大塩平八郎殿のまなこにとって、この文政《ぶんせい》・天保《てんぽう》の世は、あまりにも理不尽な、やり切れぬ悲惨事と醜悪さに充《み》ち満ちていたのだ。

おぬしたちも存じているように、大塩殿は、二十数年間の長きにわたって大坂東町奉行所の「与力《よりき》」を勤めてこられた。

その在任中につぶさに見聞《けんぶん》してきた、同僚や上役《うわやく》どもの、出世と利権目当《めあ》ての薄汚い所《しょ》行《ぎょう》の数々や、罪人たちの置かれた、救われない業苦《ごうく》の赤裸々《せきらら》な姿、そして、われらも知っておる例の「天保《てんぽう》の大飢饉《だいききん》」での地獄の惨状……といった体験の積み重ねの中で、大塩殿の、やり場のない理不尽さへの憤《いきどお》りは、つのるばかりであったと、察《さっ》せられる……

人一倍鋭敏で、ゆたかな感受性を備えたお方《かた》であられたからこそ、彼には、この天保の世のあまりの醜悪さ、政《まつりごと》の非道さが許せなかった……その怒りの〈火〉の心は、大塩殿には、そのまま、〈天道《てんどう》〉の示す怒りの声のように感ぜられたのだ。

**藤九郎** …わかります…痛いほどに……

**月之介** 塾生諸君と共に講読してきたこの『洗心洞箚記《せんしんどうさっき》』の到《いた》る所《ところ》で、大塩殿は、聖人・賢者の道にいささかも耳を傾けようとはせず、目先の利害に駆られて、さもしく動き回ることしかできない、薄っぺらな〈小人《しょうじん》〉どもに対して、苦渋《くじゅう》と毒念《どくねん》に満ちた痛烈な悪罵《あくば》の声を浴びせかけておる。

人生の哀歓《あいかん》へのゆたかな感受性を備え、日々の生活の精進《しょうじん》を通して、純粋で孤独な心の本体である〈太虚〉に立ち帰ろうとなされた大塩殿の陽明学の精神は、現実のこの天保の世に充満しておる無数の「小人《しょうじん》ども」の生きざまとの、あまりの〈隔《へだ》たり〉の大きさの中で、次第に変質を余儀《よぎ》なくされてゆくのじゃ……

**藤九郎** ……はい……

**月之介** すなわち、〈義《ぎ》〉のために、悪《あ》しき者どもに〈天誅《てんちゅう》〉を加え、憤死《ふんし》するという、狂《きょう》者《しゃ》への道に追い込まれてゆくことになる。

〈義〉のために「死に場所」を求めるとは、この現世《うつしよ》を超えた〈彼岸《ひがん》〉の世界を夢みて、死に急ぐということじゃ……それが、大塩の乱であった。

**藤九郎**　……はい……

**月之介**　しかし、〈彼岸〉の「美しき世」を夢みて死に急ぐとは、この世の一人ひとりの生身の人間たちとの〈絆〉を守り抜き、人と人との〈えにし〉をいとおしみながら、己《おの》が幸せを求めることで、他者の生をも照らし出し、「共に生きる」という道ではない……

**藤九郎**　……はい……

**月之介**　大塩殿は、挙兵直前に、彼の暴挙を諫《いさ》めた最愛の門弟宇津木《うつき》靖《やすし》殿をお手討ちになさっておられる……

大塩殿の〈痛ましさ〉を、これほど如実に示すものはない。

**藤九郎**　……はい……

**月之介**　そして、これがそのまま、私と大塩殿との決定的な〈岐《わか》れ路《みち》〉の場所を物語ってもおるのだ。

私は、その〈岐れ路〉を、大塩の乱が勃発《ぼっぱつ》する天保八年より以前、私が大坂を離れることになった天保四年の暮れには、すでに、漠《ばく》とした形で感受しておった……

明確に自覚できるようになったのは、大坂から京の都に移り住んで後《のち》の、天保六年の年であったがの。

**藤九郎**　……はい。ですが先生、……大塩殿の哀《かな》しみが、限りない憤《いきどお》りの心が、私には、痛いほどわかります……

私もまた、天保七年の大飢饉《だいききん》の時に、上に立つ侍《さむらい》どもの非道《ひどう》さと、人の世の、「生きる」ことの、あまりの残酷さとあさましさを、いやというほど体験してきましたゆえ……

**月之介**　…藤九郎、おぬし、上州《じょうしゅう》の百姓《ひゃくしょう》の出《で》であったの……

**藤九郎**　……はい……本名は弥助《やすけ》といって、元は、上州水上《みなかみ》村の貧農でした。

**月之介**　いや、なにか詮索《せんさく》がましい気持で聞いたのではない……

あの大飢饉の時の思い出を語らせようなどとは、いささかも思うてはおらぬ。

**藤九郎**　…いえ、かまわないのです、先生のお心は、よく存じ上げておりますゆえ……

**月之介**　…いや、ふと、おぬしと浅からぬ縁《えにし》をもつことになった高野長英《たかのちょうえい》殿のことを思い出したからじゃ。

**藤九郎**　…ええ。私も、日本国中の数え切れぬ民百姓《たみひゃくしょう》を地獄の責め苦に陥《おとし》れた、あの大飢饉の時に、長英先生は、いかなる〈まなざし〉をもって、あの大惨事の現場に立ち会われたのか……と、これまで繰り返し考え抜いてまいりました。

いまだ、解答は出せておりませぬが、ただ、…今のこの私には、及びがたい何ものかが、たしかに、あの時の先生には息づいていたのです……

**月之介**　…うむ…。おぬし、あの天保七年の飢饉《ききん》の折、高野長英先生が、上州の村医者の方々《かたがた》と協力して、飢饉に伴う疫病《えきびょう》への対処と救荒《きゅうこう》食物栽培のための書物を緊急につくられて、配布された、そのお姿を見て、先生への弟子入りを固く決意したのじゃったの？

**藤九郎**　はい、その通りです。百姓を捨て、士分《しぶん》になるきっかけも、先生の弟子として、蘭方《らんぽう》の医学を学び、身分の分け隔てのない、蘭学者たちの交わりの場であった「蛮学社《ばんがくしゃ》中《ちゅう》」への仲間入りを許されることになったからです。

小幡藤九郎《おばたとうくろう》という私の名も、高野長英先生から頂戴《ちょうだい》いたしました。

**月之介**　…うむ…

**藤九郎**　長英先生が、天保七年のあの大飢饉の年に、緊急の対策として出されたのは、「二《に》物考《ぶっこう》」と「避疫要法《ひえきようほう》」という二冊の書です。「二物考」は、気候不順でもよく育つ「じゃがいも」と「早そば」の特質を指摘し、その栽培法と調理法を説明したものです。「避疫要法」は、疫病への応急処置を説いた手引き書で、わかりやすく、簡潔な言葉で、非常時に役立てることを目的として書かれました。

現地の村医者の方々の協力があってのことですが、上州の村々の者たちは、いまだに、高野長英先生のこの二冊の書物が果たした大きな役割に、深い感謝のおもいを抱《いだ》いております。

**月之介**　…うむ…蘭学の知識を活《い》かして、己《おの》れでなければできぬ、かけがえのないお仕事をなされた。地に足の着いた、見事なお働きであったと、私も、深く感服させられたものじゃ。

高野先生は、オランダ商館医であられたシーボルト先生の最も優秀な門下生《もんかせい》であったと聞き及んでおるが、蘭学の知識を、先生のように、人々の暮らしの現場で見事に活かし切ったお方《かた》は、そうそうはおるまいと思うのじゃが……

**藤九郎**　…はい、私もそう思います。

長英先生は、他のシーボルト門下生の方々《かたがた》や、私の存じ上げている「蛮学社中《ばんがくしゃちゅう》」の蘭学者たちの多くとは、全く毛色《けいろ》の違うお方《かた》であるように、私には感ぜられるのです……

同じシーボルト門下生の秀才でも、例えば佐賀藩出身の伊東玄朴《いとうげんぼく》殿のように、藩や幕府に仕《つか》えて、奥医師となって栄達の道を歩もうとなされる方《かた》もおられますが、そうはなされないし、西洋の医学や学術を普及し応用することのみが、わが国の将来にとって好ましい、改善と繁栄をもたらす良き道に通ずるとも、お考えになってはおられないのです。

**月之介**　…うむ、その一事《いちじ》だけでも、高野長英先生が、今引く手あまたとなっておる、他の凡百《ぼんぴゃく》の蘭学者・洋学者どもとはひと味もふた味も違う、奥の深さを感じさせる御仁《ごじん》じゃ、とわかる……

**藤九郎**　……はい……。長英先生は、奥州伊達家《おうしゅうだて》の支藩に当たる留守《るす》藩の出身で、兄上とふたりで江戸に出られましたが、按摩《あんま》の仕事などでかろうじて食いしのぎながら苦学され、病で最愛の兄上を亡《な》くされてから、ようやく町医者となって、細々と開業なされました。

先生は、下々《しもじも》の者たちとの付き合いを好まれ、権威・格式と世間体《せけんてい》に縛られた、息苦しい「侍《さむらい》の世界」を、ひどく毛嫌いなされておられました。

先生ご自身は、九歳の時、高野家の養子になられましたが、ご実家におられた先生のご生母は後妻《ごさい》であったため、随分《ずいぶん》と実家の者たちにひどい目にあわされておられた、ということです……

たしかなことは、私も存じませせぬが、先生の〈侍嫌い〉は、ひとつには、そんなところにも起因しておったようです。

**月之介**　…うむ……わしは伊勢《いせ》・藤堂藩《とうどうはん》の出身だが、妾腹《しょうふく》の子での……父の実家と今は亡《な》き母との間にも、色々と確執《かくしつ》があった……似たようなおもいが、わしにもある……

ともかく、世間体《せけんてい》ばかりを気にして、虚飾《きょしょく》にあふれた「侍《さむらい》の世界」という奴は、わしも、全《まった》くうんざりじゃ。

**藤九郎**　……はい……それがしもでござる。

**新八郎**　高野先生や河井先生のような苦労人ではありませぬが、「部屋住《へやず》み」の身《み》の、はずれ者の私も、同感でござる……（笑）。

**月之介**　……〈侍嫌《さむらい》い〉のわれら三人、…世間から視れば、「鼻つまみ」の偏屈者同士、話が合うの……（笑）。

**藤九郎**　長英先生は、孤独なお方でした。同じ蘭学者仲間の「蛮学社中」の中でも、ひとりだけ浮いた存在で、他の方々からは、理解されておられなかった……

　西洋かぶれしていた他の蘭学・洋学の徒がせせら笑っていた、東洋古来のものの見方や感じ方に対しても、長英先生は、独特のこだわりをおもちでした。〈天道《てんどう》〉のはからいを怖れ、自ら〈易《えき》占い〉をなされましたし、神信心の深いお方《かた》であられた。

　その孤独な匂《にお》いといい、天道を重んぜられる姿勢といい、また、名も無き下々《しもじも》の者たちの生きざまへ想いを馳《は》せられている点といい、私には、僭越《せんえつ》ながら、高野長英先生と河井月之介先生には、深く通ずるものを感ずるのです……

**月之介**　…いや、いや…私などは、高野先生に比べれば、いたって不器用で、生きる力の弱きもの……

　これまで生き抜いてこられたのも、わが〈内なる霊〉やそれと深くつながる諸々《もろもろ》の縁《えにし》ある霊たちをつかさどっておる〈天道《てんどう》〉の摩訶《まか》不思議なる導きと加護があったればこそじゃ……

己《おの》が力で生きてこられたとは、つゆ思うてはおらぬ。

己れの愚かさ、弱さとたたかいながら、試行錯誤《しこうさくご》を重ね、ただひたむきに生き抜いてきたまでのこと……

**藤九郎**　……それがしも、月之介先生と長英先生を比《くら》べようなどと思ったことはありませぬ……ただ、おふたりの中に、ある共通の〈匂《にお》い〉を感じたまでのことです。

私にとっては、そのおふたりの〈匂い〉が、今、とてもかけがえのない何ものかであるような気がするのです……いとおしいのです。

おふたりとも、私にとっては、得がたき「人生の師」であるし、この水明塾に通う縁《えにし》が得られたことを、私は、今、心から幸せに感じております……

**月之介**　……ありがとう……。そう言って頂けることは、市井《しせい》に生きる一介の未熟者の教師である、この月之介にとって、まことに嬉《うれ》しきことじゃ……

……しかし、改めて痛感するが、昨今《さっこん》の西洋かぶれしている、蘭学・洋学に通暁《つうぎょう》した者どもの中にあって、高野長英殿やそなたのような「見識《けんしき》ある士《し》」がおられることに、私は、なにか救われるような想いがする。

**藤九郎**　長英先生は、エゲレスをはじめとする西洋の諸国が、進んだ洋学の知識をもとに、軍事・技術・経済を発達させ、利権を求めて東洋に進出し、武力に物をいわせて理不尽な条約を結ばせ、強引な交易《こうえき》を行《おこな》うことで、富を貪《むさぼ》り取ろうとする、狼のごとき所行《しょぎょう》に対して、強い警戒心をもっておられました。

先生は、他の蘭学・洋学を奉ずる知識人とは違い、軍事や経済など、物質的な力において西洋に劣るわが国や東洋の諸国が、西洋諸国に追随《ついずい》し、その真似事《まねごと》をして、かの国の制度や技術・文物《ぶんぶつ》を導入してゆけば、自《おの》ずと新しい、進んだ良き国に「生まれ変わる」などと、単純に信じてはおられないのです。

それでは、わが国も、東洋の諸国も、それまで伝え、守り抜いてきた、かけがえのない何ものかを壊《こわ》し、喪《うしな》ってしまうやもしれぬと……そう感ぜられておられるのです。

**月之介**　…同感じゃ……わしも、この国の前途《ぜんと》において、何よりも、そのことを怖れておる。

**藤九郎**　…はい…。それは、〈リクツ〉ではなく、なにか、本能と申しますか……人としての、あるいは日本人としての、根っこのようなところにある〈感覚〉のようなものだと……かつて、先生は語っておられました。

**月之介**　…いや、全くその通りじゃ…わしにとっても、それは、リクツではなく、感覚と申すしかない……。人としての、一介《いっかい》の日本人としての嗅覚《きゅうかく》が、今、牙《きば》をむきながら東洋の国々に襲いかかっておる西洋の姿に、なにか尊大な、忌《い》まわしきものの匂《にお》いを、はっきりと嗅《か》ぎとっておる。
この国の前途《ぜんと》が、決して希望に満ちたものではなく、なんとも危《あや》ういものであることを、わしに告げておるのじゃ……

**藤九郎**　…はい…。だからこそ、長英先生は、今、伝馬町《でんまちょう》の牢の中にあっても、わが国の〈海防〉の対策のことばかり、お考えなのです。
エゲレスをはじめとする西洋の〈侵略〉の脅威《きょうい》を、なんとか軍事的にかわしながら、その間《かん》に、古《いにしえ》よりわが国に息づいてきた、失ってはならない、さまざまな大切なるものを守り抜く手だてを、地に足の着いた形で、講じようとなされておられるようにおもえるのです。

**月之介**　…うむ…同感じゃ…。振り返れば、高野長英先生が、「蛮社《ばんしゃ》の獄《ごく》」で、お上《かみ》の「異《い》国船《こくせんう》打ち払《はら》い令《れい》」を批判したという、ただそれだけのことで、理不尽にも投獄《とうごく》されたのは、天保十年のこと、……あれから、もう四年にもなるの……
「打ち払い令」はさすがに時世《じせい》に合わぬとて、昨年の天保十三年に廃止されたが、長英殿は、いまだ獄中にある。

**藤九郎**　…はい…。長英先生は、あの何の意味もない、愚かしい弾圧事件で、無慈悲にも、終身刑となる「永牢《えいろう》」を申しわたされ、伝馬町の、それも、侍の入る「揚《あ》がり屋《や》」の牢ではなく、下々《しもじも》の罪人の者たちが収容される「大牢《たいろう》」に放り込まれたのです。
「大牢」における囚人《しゅうじん》の扱いのひどさ・不潔さは、それは怖ろしいもので、「蛮社の獄」で大牢に入獄した八人の内、四人までが、わずか半年の内に死んでおるのです。

**月之介**　…むむ、なんと酷《むご》い話じゃ……

**新八郎**　俺も、町奉行所に勤めている先輩の同心《どうしん》の方から聞かされたことがあります。
　不潔さや食事その他の待遇のひどさもさることながら、牢内での仲間内の争いや、大牢を牛耳《ぎゅうじ》る「牢名主《ろうなぬし》」の命で、牢内の掟《おきて》を破った者への、みせしめのための恐ろしい仕置《しおき》がなされることもある、とか。

**藤九郎**　……うむ。侍が、下々《しもじも》の者たちと同じ大牢に入れば、常日頃《つねひごろ》の侍への憤懣《ふんまん》や、暮らしの上で鬱積《うっせき》してきた想いのはけ口として、侍出《さむらいで》の囚人への鉾先《ほこさき》が勢い苛酷《かこく》なものとなるのは、無理からぬことじゃ。

**月之介**　……しかし、その地獄のような大牢の暮らしの中で、長英殿は、すでに四年も生き延《の》びてこられたのじゃな……

**藤九郎**　……はい。実は、それがしは、長英先生の大牢での暮らしがいかなるものになっているのかが、気がかりでならず、なんとか、少しでも実情を把握し、牢内での先生の暮らしに、少しでもお役に立ちたい、との一心《いっしん》から、昔からの知り合いも含めて、直接・間接に、奉行所《ぶぎょうしょ》に何らかのつてを持つと思われる人物を尋《たず》ね回り、牢内とのつなぎが取れるまでに〈根回《ねまわ》し〉をしてまいったのです。

昔の「蛮学社中」時代の知り合いはもとより、この水明塾で学ぶより前に通っていた、狭間主膳《はざましゅぜん》殿の「志斉塾《しせいじゅく》」の関係者の方々《かたがた》にも働きかけてきた……

**月之介** …なんと…。よく、なしとげたものじゃの……

**新八郎** …藤九郎さん、凄《すご》い……

**藤九郎** ……いえ……。私は、長英先生の弟子となって江戸に出てきてこのかた、昔、若い頃に江戸で苦学された先生を見習い、色々な職種を転々として食いつないできましたから、下々《しもじも》の者たちや侍や商人《あきんど》も含めて、さまざまな身分の者たちと交わる中で、この世の仕組《しくみ》・からくりや人付き合いの実情を、よくわきまえておるのです……

蘭方《らんぽう》の医術をいささかなりとも会得《えとく》するまでには、かなり修業を要しましたし、その間《かん》食っていくために、蘭方の他に、漢方《かんぽう》の若干の心得《こころえ》と、あんま・灸《やいと》・鍼医《はりい》の術も学びました。おかげで、今でも、細々と市井《しせい》の開業医を続けながら、生計を立てることができています。

いかなる世間にも、必ず〈抜け道〉と〈裏〉があるものです……奉行所にもね……

**月之介**　……そうじゃの……

**藤九郎**　……で、私は、とうとう、役人や牢番に賄賂《まいない》をつかませて、長英先生との手紙のやりとりを自在にできるようになり、また、先生への差し入れも、ある程度許されるようになりました。

少なくとも、以前の先生が置かれていたひどい待遇は、かなり改善されるようになりました……

**月之介**　…それは、なによりであった……いや、苦労人であるおぬしの真心《まごころ》の力のたまものじゃ……

**新八郎**　…そうですね……ほんとに、そうだ……

**藤九郎**　…いえ、私の力ばかりじゃありません……

先生からの書信《しょしん》でわかったことなのですが、先生は、大牢内に居る下々《しもじも》の罪人たちにとって、今や、なくてはならぬお人となっておられたのです……

先生は、牢内でも医師として、囚人たちのために、懸命《けんめい》に手当てや病への応急処置を行い、また、役人とも交渉され、囚人たちの待遇改善のために少しでも力になろうとされました。文字もろくに読めない者たちのために、縁者への手紙の代筆をしてやったり、お白《しら》州《す》の裁《さば》きでの弁明の仕方について助言をしてやったりも、なされておられました。

ですから、今じゃ、先生は、なんと、囚人みんなから「牢名主《ろうなぬし》」にまで推挙され、無頼《ぶらい》の徒《と》や下々《しもじも》の者たちに深く信頼され、愛されておられるのです……私の力添えなぞ、先生御自身のなしとげられたことに比《くら》べれば、まったくもって、ささやかなものでしかありません。

**月之介**　……うむ……なんと、畏《おそ》るべき御仁《ごじん》じゃ。娑婆《しゃば》世界への希《のぞ》みをほとんど断ち切られたといってよい、終身刑を科されておられる身でありながら……高野先生の、その不屈の心は、一体、いかなる心棒によって支えられておるのか……生きとし生けるものへの〈まなざし〉の深さと、「生きること」への、並々ならぬ覚悟がなくては、かなわぬことじゃ。

いかなる〈いのちの火〉が、彼をして、そのように生かしめるのか……

**藤九郎**　…さようでござる…。私にも、思いも及ばぬことでござりますが、ただ、…長英先生からの手紙を拝読する限り、私には、先生は、まだ、牢から出られる希《のぞ》みを失ってはおられない、というふうに思われるのです。

先生の人柄を真に理解する者はほとんどおらぬかもしれませぬが、シーボルト門下随一《ずいいつ》の秀才であり、蛮学社中の中心人物でもあられた先生の、洋学の力量と見識《けんしき》を高く評価される御仁《ごじん》は、幕閣《ばっかく》や旗本《はたもと》・諸大名《だいみょう》の家中《かちゅう》にも、少なからずおられます。

私も、知人を通じて、さまざまな筋から働きかけて、お裁《さば》きの再吟味《さいぎんみ》を実現にこぎつけ、なんとか「永牢《えいろう》」のお裁きを覆《くつがえ》し、減刑に導けるように、尽力《じんりょく》してまいったのです。
先生の牢内の暮らしに、日々心を馳《は》せ、先生のお体のことを気づかいつつ、不安や焦《あせ》りとたたかいながら、私にできることをしようと思っています…これも、河井先生の言われる陽明学の修行《しゅぎょう》ですから……

**月之介**　……うむ……

**新八郎**　……藤九郎さんは、それで、日本橋小伝馬町《にほんばしこでんまちょう》の牢に近い、両国浜町《りょうごくはまちょう》で開業されておられるのですね。あそこなら、高野先生の様子をうかがうにもってこいだし、いつでも迅速《じんそく》に、先生と連絡がとれる。

**藤九郎**　……図星《ずぼし》じゃ……

**月之介**　…しかし、気がかりなのは、今、江戸南町奉行を務《つと》めておるのが、かつて目付《めつけ》の職にあった時、蛮社《ばんしゃ》の獄《ごく》で高野長英殿を捕縛《ほばく》・投獄《とうごく》し、その後、町奉行となって、老中水野《みずの》越前守《えちぜんのかみ》の〈懐刀《ふところがたな》〉として、「マムシの耀蔵《ようぞう》」「鳥居の妖怪」などと人々に怖れられ、忌《い》み嫌われてきた、かの鳥居甲斐守《とりいかいのかみ》だということじゃ。
あの男は、ついひと月ほど前の閏《うるう》九月に失脚した水野越前守を裏切り、今では反水野派であった老中どもに取り入って、幕閣《ばっかく》内に隠然《いんぜん》たる勢力を築き上げておる。

この鳥居が失脚せず、町奉行の座に居座《いすわ》っておる間は、長英殿の件の再吟味《さいぎんみ》は、まず無理であろう。

正直、今の幕閣どもの大幅な刷新《さっしん》か、諸外国の脅威への対策をめぐって、幕政《ばくせい》の根本的な見直しの必要が起こらぬ限り、かなりむずかしいのではないかの……

**藤九郎**　……さようでござる……。それがしも、その点が、最も頭を痛めているところでござる……

しかし、河井先生、政《まつりごと》にて世を正さんと図《はか》る者どもについては、いかが思われまするか？　先におっしゃられていた、大塩平八郎殿のように、〈義《ぎ》〉のために死に急ごうとされるような、そういう反乱や一揆《いっき》の類《たぐい》ではなく、純然たる政《まつりごと》についてですが……


**月之介**　……ふむ……。端的に言うなら、わしは、純然たる政《まつりごと》なるものを好まん。

いや、重要ではない、ということではない。重要であることは申すまでもないし、特に今のような時世《じせい》では、政策の如何《いかん》は、藩や国の命運を大きく左右する。

諸外国の船がさかんに来航し、この国の独立を脅《おびや》かさんとする勢いが日増しに募《つの》っておる今、好むと好まざるとにかかわらず、わが国の政《まつりごと》は、根本から大きく転換してゆかざるをえぬであろう。

西洋諸国の食い物になりたくないのなら、かの国の制度・技術・文物《ぶんぶつ》をわが国にも大幅に導入し、国としての〈かたち〉を、根底から変えてゆかざるをえまいからの……

**藤九郎**　……はい……

**月之介**　…だが、先にも、長英先生の〈憂《うれ》い〉について語り合《お》うたように、その際に、「見失われてゆくもの」「壊《こわ》されてゆくもの」が必ず生ずる。問題はそこじゃ……

**藤九郎**　……はい……

**新八郎**　……はい……

**月之介**　政《まつりごと》にたずさわる者は、その大きな〈激動期〉〈変動期〉に直面した時、私たちが決して「なくしてはならぬ」ものを、可能な限り、壊《こわ》さぬよう、見失わぬよう努める〈責務〉というものがある。

**藤九郎**　…はい。

**新八郎**　……はい……

**月之介**　その〈責務〉を担《にな》い、果たしうる者があるとすれば、その者は、われらがなくしてはならぬ「かけがえのないもの」とはいかなるものであるか、について、正しき見識《けんしき》というものを備えていなければならぬはずじゃ……

わが国が、西洋諸国の制度・技術・文物を取り入れ、かの国に酷似《こくじ》した、他国を食い物にできるほどの強大な国に〈脱皮〉することを、そのまま、文句なしに「善《よ》きこと」とみなすような精神の持ち主が、もし権力を握り、この国の将来の政《まつりごと》の責任を担《にな》うような事態が訪《おとず》れたとしたら、どうじゃ？

その時には、まず間違いなく、この世の地獄が訪《おとず》れるであろう…というのが、私の考えなのだ。

**藤九郎**　……わかります。私も、そう思います。

**月之介**　それに、以上のことを別にしても、わしは、そもそも政《まつりごと》なるものを好《す》かんし、決して、己《おの》れ自身は、その世界に近づくつもりはない、というのが、わしの立場なのじゃ。

なぜなら、政《まつりごと》の世界とは権力の競い合いの世界であり、権謀術数《けんぼうじゅっすう》・駆《か》け引《ひ》きの世界じゃ。そこに関わる以上、好むと好まざるとにかかわらず、いかなる志《こころざし》をもとうとも、必ず、「清濁併《せいだくあわ》せ呑《の》む」器《うつわ》を要求される。

おまけに、権力というものは、たとえそれが、その時々に望みうる限り、いかに善《よ》き形をとろうとも、必ず、その権力によって虐《しいた》げられ、踏みにじられる者たちを産《う》み出すものじゃ……

わしは、そんな世界に、金輪際《こんりんざい》、関わりとうはないのじゃ。

私はむしろ、一人ひとりの生ける人間の場所から、ものを視《み》たい。

一人ひとりの秘《ひそ》やかな痛みや渇《かわ》き、哀《かな》しみや歓《よろこ》びのかたちを深くみつめるところから、この世界と接してゆきたいと思ってきた……
政《まつりごと》とて、所詮《しょせん》は、その一人ひとりの人間の、生き抜き、たたかい抜いた〈物語〉の、無数の累積が生み出したものへの、現実的な〈対応〉の所産にすぎないのだ。
**藤九郎** …はい！
**新八郎** ……はい。
**月之介** 私たちのこの世は、一人ひとり異なった魂をもつ人間たちの、目には視《み》えない、霊《れい》妙《みょう》な〈えにし〉によって営まれておる。
目に視《み》える、白昼《はくちゅう》の娑婆《しゃば》世界は、実は、その目に視《み》えぬ「もうひとつのこの世」である霊妙な〈闇〉の世界によってつかさどられ、物語として織り上げられる……
**新八郎** ……はい。
**月之介** その〈闇〉の世界こそ、先ほど大塩殿の陽明学で述べてきた〈太虚《たいきょ》〉の働きの場、すなわち〈天道《てんどう》〉の世界なのじゃ。
そして、この〈太虚〉の働きを、人は古《いにしえ》より、大いなる〈龍《りゅう》〉のかたちとして描《えが》き上げてきたのじゃ……
**藤九郎** ……〈龍〉ですか？
**月之介** ……さよう。

**新八郎**　…わかります…。今の俺には、先生のおっしゃられることが、その…リクツではなく、なんとなく〈感覚〉として、身体《からだ》の中でわかるような気がします……もちろん、完全に、というわけじゃないんですが……

**月之介**　…さようか…。それは、嬉《うれ》しきことじゃ…。私は、つねに、己《おの》れのその、天道に生きる〈太虚〉の感覚、〈龍〉の感覚を、いささかなりとも、心ある塾生の諸君に伝えたいと、及ばずながら相努《あい》めてきた……

**藤九郎**　……先生、本日はお疲れのところ、多々有益なご教示を頂き、本当にありがとうございました。

小幡藤九郎、河井先生からうかがった、示唆《しさ》に富む貴重なお話、終生《しゅうせい》忘れませぬ……これからも、生き抜いてゆく中で、折に触れて、これまでうかがってきた先生のお言葉を反芻《はんすう》してゆきたいものと、深く思いを新たにしています。

**月之介**　…いや、改まって、おぬしからそのように言われると、至らぬ教師の身として、まことに恐縮するばかりじゃ。私の方《ほう》こそ、本日は、貴重な話を聴かせて頂けて、ありがとう。

しかし、なんだか、おぬしの今の言葉を聴いていると、まるで別離が迫っているような、妙な気分になってくるの……

**藤九郎**　……いえ、決して、そんなつもりで申したのではありません……ただ、なんとなく、神妙な気分になったものですから……どうか、お気になさらないで下さい。

**月之介**　……さようか……。いや、つまらぬことを申して、相済《あいす》まぬことじゃった……今後とも、宜《よろ》しくお付き合い願いたい。

**藤九郎**　…はい……私の方こそ、宜しくお願い申し上げまする。

それでは、これにて、拙者《せっしゃ》はおいとまつかまつります。

本日は、開業医の仕事の方は、非番にしておくつもりでしたが、実は、どうしても緊急に診《み》なくてはならない患者の方がおられて、約束の刻限《こくげん》までに帰宅せねばなりませんので……

**新八郎**　あ、……それでは、私も……

実は、……つい先日、拙宅《せったく》に盗《ぬす》っ人《と》が入り、幸い、さしたる被害には至りませんでしたが、家の者がひどく気にかけており、母もろくろく夜も眠られぬ日々を過ごしておりますゆえ、私も、できるだけ早く帰宅するよう、申しつかっておるのです。

**月之介**　…それは災難じゃったの…。夜中《やちゅう》の出来事であったのか？

新八郎　…いえ、それが、昼日中《ひるひなか》のことでした。兄は勘定所《かんじょうしょ》勤めで登城《とじょう》しておりましたし、父も母も、中間《ちゅうげん》・小者《こもの》・女中《じょちゅう》も、所用にて皆外出しておりました。
しかし、たまたま、中間《ちゅうげん》の嘉助《かすけ》が、父の忘れ物を捜《さが》しに屋敷まで戻りました時に、物音に気づき、頭巾《ずきん》にて顔を隠した賊《ぞく》の影をみとめて、すぐさま近所に呼びかけて、大騒ぎとなったのです。盗《ぬす》っ人《と》は、衣服の様子や逃げ去る時の身のこなしから、侍《さむらい》の者らしいとのことでしたが、しかとは分からなかったそうです。

藤九郎　…ほう…。で、盗まれた物は、何かあったのか？

新八郎　…はい…。父と兄とそれがしの部屋を急いで物色《ぶっしょく》して回った形跡《けいせき》がござる。
父が蒐集《しゅうしゅう》していた骨董《こっとう》の品をふたつほど盗まれ、父は激怒のあまり、目付《めつけ》筋の知人を通じて、ぜがひでも、しらみつぶしに盗品売買の抜け道を調べ上げて、高価な品々ゆえ、なんとしても取り戻して頂きたいと、それはもう、凄《すさ》まじい剣幕《けんまく》で訴えていたそうです。

月之介　他人事《ひとごと》みたいな顔をして申すの（笑）。
しかし、昼日中《ひるひなか》から、それも、旗本屋敷《はたもとやしき》に押し入るとは、……いくら骨董《こっとう》を狙《ねら》ったとはいえ、ずいぶん大胆なことをする。奇妙な賊もあったものよの……

新八郎　…はい…。それも、おかしなことに、それがしと兄の部屋も物色《ぶっしょく》した形跡《けいせき》があるのに、目立たぬように、部屋にある書物や手文庫《てぶんこ》・文箱《ふばこ》、調度品《ちょうどひん》などを、慎重に、元の位置と形に戻しておいた跡《あと》がみとめられるのです。

**藤九郎**　…ふむ……奇妙なことじゃの。

**新八郎**　はい…。私は、物の配置に神経質なタチで、日頃の自分のクセと少しでも異なっておると、妙に落ち着かぬところがあって、ふと、気づいたのです……

そう思って、改めて自室を点検してみると、色々と不自然な手直しの跡が感じられたので、盗賊の大騒ぎがあった夜、帰宅した兄にも、注意して自室を調べてもらいました。やはり、兄の部屋も、物色された形跡がありました。幸い、兄も私も、何も盗《と》られた物はありませんでしたが。

**藤九郎**　…おそらく賊は、おぬしと兄上の部屋を物色した後《あと》、そのことがバレぬように、慎重に部屋の物を元の位置に戻し、最後に、お父上の部屋を物色したのであろう。

お父上の部屋のみが、ハッキリと目立つ形で荒らされておったのだな？

**新八郎**　そうなのです。中間《ちゅうげん》の嘉助《かすけ》が盗賊の存在に気づいて、近所に大声でふれ回り、賊があわてて逃げた後、恐る恐る屋敷内に入った嘉助は、父の部屋が荒らされ、骨董が盗まれたことに気づいたのですが、私と兄の部屋が物色されたとは気づきませんでした。

それに初めて気づいたのは、私です。私が気づかなければ、兄も、きっと気づかぬままであったと思います。

**月之介**　…うむ、ますますもって、奇怪《きかい》なことじゃ……

　賊は、単なる物盗《ものと》りが目当てで旗本屋敷に押し入ったのではない、ということじゃな。

　目当ては、他に何かあった……。何かを捜《さが》し回っておった、…ということじゃの。

　物盗りだけが目当てなら、なにも、物色の跡がバレぬように、部屋の物を元に戻しておく必要などはない。

**新八郎**　…はい…。それがしも、その点が気にかかってなりませんでした。

　しかし、他人に捜し回られるような〈隠《かく》し物〉など、それがしにはござりませぬ……

**藤九郎**　目付筋《めつけ》には、そのことは申したのか？

**新八郎**　兄が父上に申し上げ、はじめは目付筋にその事実を報告するつもりだったようですが、父が慎重に考え直したあげく、それは思いとどまったようです。

　もし、賊が何かを捜し回っておるとしたら、それは、兄上か私に、盗っ人に入ってまで捜さねばならぬほどの、何か大事なるものが隠し持たれているということになります……

　謹厳実直《きんげんじっちょく》がとりえの、兄の伝七郎に、そのような後《うし》ろ暗いことがあるはずがない、と父上は判断なされたようです。

**月之介**　そんな後ろ暗い秘め事《ごと》を抱《かか》えているとすれば、新八郎、おぬしの他《ほか》にはありえない、と親父《おやじ》殿は、申されるのじゃな？（笑）

**新八郎**　…はい、ご明察《めいさつ》の通りです（笑）。
その方《ほう》、何かろくでもないことに関わり、ろくでもない隠《かく》し事《ごと》をしておるのであろう、正直に申せ…と、それはもう、しつこく、父にも兄にも問いつめられました。
しかし、一向に身に覚《おぼ》えのない以上、どうにも答えようがありません（笑）。

**月之介**　それは、そうじゃの（笑）……で、結局、いかが相《あい》なった？

**新八郎**　結局、父も兄も途方《とほう》に暮れ、へたに目付筋などにその事実を届け出たりしようものなら、ただでさえ評判の悪い、不良息子の次男坊の犯した悪事が露顕《ろけん》して、刈谷家の一大事にもなりかねぬ…との判断で、内密にされることになりました……（笑）。

**月之介**　うむ……適切なるご配慮であったの（笑）。
いや、実際、目付方《めつけかた》は、南町奉行鳥居甲斐守の息がかかった役所じゃからの……へたに関わると、後《あと》がうるさい。
なにせ鳥居は、蛮社の獄の昔から、「マムシの耀蔵《ようぞう》」と怖れられた元「目付」で、今でも、目付方は、あやつの人脈が根強い。

**藤九郎**　…はい、その通りです。へたに関わらぬほうがよい。

**新八郎**　…はい…。でも、やはり、なにゆえ賊が、それがしの部屋を物色していたのか…それは釈然《しゃくぜん》としないし、気がかりでなりません……

月之介　…うむ……それはそうじゃが、何かの勘違《かんちが》いということもあるからの。
　おぬしも、過去に、色々な旗本の部屋住みの者どもと関わりをもってきたであろう？

新八郎　…はい…そうですね…。賊に何かを捜し回られるようなことをしでかした覚えはありませんが、己れのあずかり知らぬ処《ところ》で、何が、どう絡《から》まって勘違いが生じているか、わかったものではありませんしね。

月之介　さよう。

藤九郎　……ともかく、十分に注意し、油断なきように慎重にふるまうことが肝要《かんよう》じゃ。
　……では先生、それがし急ぎますゆえ、これにて失礼つかまつります。

新八郎　…私も、これにて。

月之介　…うむ、気をつけての。

（藤九郎、新八郎退場）

# 第七幕　結社

## (9) 第一場　天保十四年(一八四三)・初冬 [陰暦・十月]

小石川にある狭間主膳《はざましゅぜん》の志斉塾《しせいじゅく》の一室。午後。

部屋は書斎だが、テーブルと椅子《いす》があり、地球儀も置いてある。

全体として和洋折衷《せっちゅう》ではあるが、洋風色の強い部屋。

書物は、和漢の他に、オランダ語・英語・フランス語のものが、洋風の書棚に収められており、また、机に積まれてある。


狭間主膳・黒川竜之進《くろかわりゅうのしん》・村上喬平《むらかみきょうへい》の三人による密談の場面。

テーブルの各々の場所にグラスがあり、洋酒の瓶《びん》が中央に置かれてある。

各々、適宜《てきぎ》、手元の酒を飲みつつ、対話を交わしてゆく。

**狭間**　…今日、おぬしたちに来てもらったのは、他でもない。先日、黒川の方《ほう》からわしに提出された、例の、幕政改革に向けての計画書の件《けん》についてじゃ。
黒川、おぬしの要望では、わしがこの提案に賛同し、採用するかどうか、ご判断を仰《あお》ぎたし、とあったが、……

**黒川** …は、さようでござる…。ただし、書状にも社中《しゃちゅう》の主《おも》だった者どもの連名を記しました通り、この提案は、それがし黒川竜之進の一存《いちぞん》にて決めたものではなく、ここにおる村上喬平をはじめ、わが「革世天道社《かくせいてんどうしゃ》」に加盟せし者の大半の意見でもござる。
のう、村上……

**村上** いかにも、それに相違《そうい》ござらぬ。

**狭間** ……うむ……長い間の懸案《けんあん》でもあったしの……
天保八年、極秘裡《ごくひり》に革世天道社を結成して以来このかた、あしかけ七年にもわたる、わしやおぬしたちの粘り強い努力によって、今や、わが天道社中に密《ひそ》かに加盟する同志たちは、若者を中心に旗本《はたもと》・御家人《ごけにん》・諸大名《だいみょう》の家中《かちゅう》から、脱藩《だっぱん》せし浪人者たち、さらには、町人や百姓出身の「経世《けいせい》の志《こころざし》」ある者どもに至るまで、少なからぬ数に達しておる。
その中には、幕府や諸藩に仕《つか》えて役職を得ておる者もいれば、われらのように私塾の経営や教育に携《たずさ》わる者、学者や医者や技師として活躍する者、富裕な町人や豪農《ごうのう》として経済面でわれらの後《うし》ろ盾《だて》になってくれる者、さらには、市井《しせい》にあって何らかの職をもちながら運動に携わってくれる者など、……実に、さまざまな同志たちがおる。
いずれも、わが社中の手足となって奮闘せんとする、志気《しき》満々の、頼もしき者どもじゃ。

**黒川** …さよう。まさに、機は熟したのです。
改めて言うまでもないことですが、わが革世天道社の「革世《かくせい》」とは、われらの手によって世の仕組《しくみ》を根底から革《あらた》めること、そして、それこそがまさに天道《てんどう》の意にかなうことである、とする不動の結束の意志を示したものです。

漢土《かんど》・唐土《もろこし》では昔から、天道の命《めい》によって、時代遅れとなった旧態依然《きゅうたいいぜん》たる悪《あ》しき政権を覆《くつがえ》し、新しき世にふさわしい、天道の意にかなった政《まつりごと》を実現してみせることを、「革命」と呼びました。われら社中は、その「革命」の担《にな》い手《て》であるべきです。

**村上** …その通り。その社中結成当時の気高《けだか》い初心は、狭間さんの「志斉塾」の「志《し》」、すなわち志《こころざし》という言葉にも、そのまま通じているはずです……そう思って宜《よろ》しいですね？

**狭間** ……うむ……もちろん、そう思ってもらって差しつかえない。革世天道社を結成したのも、その名をつけたのも、他ならぬこの狭間主膳だからの……
その初発の志を、〈首領〉であるこの私が、忘却《ぼうきゃく》するはずもなかろう……（笑）。

**村上** …だったら、狭間さん、……今こそ、われらは、同志たちと共に立つべきです…一切の逡巡《しゅんじゅん》を捨てて。

狭間　…うむ…わしも、決して同志諸君の声に反対しているわけでも、ためらっておるわけでもない。

その方《ほう》たちの提案した、革命遂行《すいこう》時における同志たちの役割分担と行動の手はず、そして、事成就《ことじょうじゅ》の暁《あかつき》における幕政改革のための人材の配置についても、別段、不服があるわけではない。

すでに、われらが討議してきたことであるし、十分に練り上げてきた案件《あんけん》じゃからの。

ただ、わしには、まだ気がかりなことがあるのだ……

黒川　それがしが、この前お渡しした書状で、大事決行のおおよその日どりまで決めて、狭間さんに決断を促《うなが》したのがお気に召されなかったようですな。

狭間　…うむ…。わしには、その方《ほう》たちが、あまりに事を急ぎすぎておるように思われてならぬ……

改めて繰り返すまでもないことだが、われらがもくろむ革命が成就するためには、幕閣《ばっかく》の内部に、われらの志と目的を正しく理解し、同意してくれる者たちが存在し、その者たちが、幕政《ばくせい》において強力な発言権と指導力を発揮できるだけの勢力を有していなければならぬ。

しかし、今の幕閣や、幕閣になりうる可能性をもった候補者たちの関係は、必ずしも、良好とはいえぬ。
西洋列強に対峙《たいじ》しうる強力な国づくりのために、思い切った体制の変革が必要と考える、進んだ頭脳の持ち主もおれば、個々バラバラな利害を有する幕府・諸藩の寄せ集まりから成る〈烏合《うごう》の衆《しゅう》〉にすぎない、弱体で貧しい国家のままでよいと考える、旧態依然とした精神の持ち主も多い。
また、なんらかの思い切った改革が必要と主張する人々でも、考え方は個々バラバラで、過激派もおれば、穏健派《おんけんは》もおる……決して、一枚岩《いちまいいわ》ではないのだ。

**黒川**　…さようなことは、もちろん、すでによう心得てござる。だからこそ、われら同志は、幕閣や有力諸藩に強力な人脈をもっておられる狭間主膳殿、あなたに、七年間にもわたって革世天道社の〈首領〉を続けていただいたのです。
狭間殿も、わが社中の悲願成就を夢みて、幕閣や幕閣候補者、有力諸藩の有識者《ゆうしきしゃ》たちに対して、わが国が置かれている「内憂外患《ないゆうがいかん》」の本質をよく説明され、彼らを啓蒙《けいもう》されながら、慎重に〈根回し〉を続けてこられたではありませんか。

**狭間**　……うむ……
わしは、幕閣のみならず、薩摩《さつま》をはじめとする西国雄藩《さいごくゆうはん》、さらには、関東を中心とする東国《とうごく》の親藩《しんぱん》・譜代大名《ふだいだいみょう》の家中《かちゅう》に対しても、見込みのある有識《ゆうしき》の士《し》があれば、粘り強く啓蒙を続け、われらの思想を植え付けるべく〈根回し〉を行《おこな》ってきた。

**黒川**　よき戦略であったと思います。

幕閣の人事を、われら社中の思惑《おもわく》通りの人士《じんし》で固めることができ、徳川と深いつながりのある親藩・譜代の大名家の支持を獲得することができるなら、関東を中心とする東国は、われら社中が実質的にはほぼ牛耳《ぎゅうじ》ったも同じこと……

後《あと》は、西国雄藩の体質を、われらの思惑通りの方向に沿って改革させ、〈東国〉を押さえた新体制の幕府と、〈西国雄藩〉の合同による、「新国家・日本」を樹立すればよいだけのこと。

**狭間**　…うむ…。わしらの〈表看板〉である「志斉塾」の塾生や卒業した多数の門弟《もんてい》たちの中には、幕臣や東国諸藩の者たちも多いが、それ以上に、薩摩《さつま》・長州《ちょうしゅう》・筑前《ちくぜん》福岡・肥前《ひぜん》佐賀・伊予宇和島《いようわじま》・石見津和野《いわみつわの》藩など、西国諸藩・雄藩の出身者が多い。

これらの西国諸藩には、蘭学・洋学への嗜好《しこう》の強い人士《じんし》が多く、わが志斉塾は、以前から、儒学のみならず、蘭学・洋学も熱心に教授してきたからの……

今の時世《じせい》、西洋の進んだ「窮理の学《きゅうりのがく》」を軽《かろ》んじて、東洋の儒学・仏教の教えや国学ばかりを振りかざす輩《やから》は、愚《ぐ》の骨頂《こっちょう》というものじゃ。

**黒川**　…まったくでござる。

狭間　わが志斉塾は、以前から、佐藤一斎《さとういっさい》先生の儒学を中心に、一方では、風雲急を告げる、今の時勢《じせい》の変転に対して、己《おの》が身をいかに処《しょ》してゆくべきかという精神の問題と、人心《じんしん》をまとめ、統治《とうち》してゆくための〈治者《ちしゃ》〉の心がまえを大事にしてきたが、他方では、西洋の進んだ「窮理の学」を重んじてきた。

この二つは、これからの「経世《けいせい》の志」をもつ者にとって、いわば〈車の両輪〉のようなものじゃ。

この〈両輪の学〉をしっかりと学んできた優秀なる塾生・卒業生たちが、西国諸藩にも数多《あまた》居る。その者たちが、将来、西国諸藩の権力を握り、あるいは人材として、有益なる政策を提言し、実現してくれるなら、〈東西合体〉による「新国家・日本」の誕生も夢ではない……

黒川　……いかにも。この黒川竜之進は志斉塾の〈塾長〉として、ここにいる村上喬平は〈助教《じょきょう》〉として、久しく、狭間さんと共に、数多くの塾生を教えてきましたし、さらに、塾生出身者の縁故《えんこ》をたよりに、幕臣・諸藩の藩士・浪人者・町人など、身分を問わず門人や同志を増やしてきました。

さまざまな所で結成された、同志や門弟たちによる勉強会と討論にも、われら三人をはじめとする革世天道社の幹部たちを派遣して、啓蒙活動を続けてきた。

また、江戸にある有力な私塾や、クセの強い、名のある塾にも、塾生として潜入して、見所《みどころ》のある若者たちを勧誘し、同志にしてきました……
今だって、私と村上は、河井月之介の水明塾の塾生として潜《もぐ》り込んで、何人かの、クセの強い若い連中を、同志にしています。

**狭間** ……そうじゃの……。本当に、おぬしたちには、革世天道社結成以来、ずいぶんと苦労をかけてきた……よくやってくれた、と感謝いたしておる。

**黒川** …いえ、…拙者《せっしゃ》も村上も、元々、行き場が無くて困り果てていたところを、狭間さんに拾《ひろ》われた身です……。狭間さんのおかげで、生きる目的を見出《みいだ》せたし、感謝いたしておるのは、われらの方《ほう》です。

**狭間** …しかし、黒川、革世天道社の組織化と発展に賭《か》けるおぬしの情熱は、本当に、異様なほどのものがあった……村上も、おぬしのその、狂気じみたといっても過言ではないほどの〈打ち込み方〉にほだされ、引っ張られて、これまで奮闘してきた、と申しておったぞ……

**村上** 本当に、そうなのです……。意志力が弱くて、ともすれば崩《くず》れそうになってしまう私は、黒川さんの執念がなければ、とても、ここまで来れませんでした……
同志たちの中にも、そう感じている者は多いとおもいます。

黒川　…いや…。それがしだけじゃない。

　恐るべき知力の持ち主で、人としての懐《ふところ》の大きさや威厳においても、多くの人士《じんし》から畏怖《いふ》されておる狭間さんは別格としても、村上、おぬしの独特の魅力が、同志たちに与えている意味について、おぬしは、十分に気づいてはおるまい。

　おぬしの、俺にはない、理想や志への、混じりっけのない〈純情〉というものが、若い奴らにどんな重要な感化を及ぼしておるか……

狭間　…本当じゃ…。村上のその、〈世直し〉へのひたむきな純情が、同志たちへ及ぼしておる影響は、計《はか》り知れぬものがある。

　わしは、どちらかといえば、親しまれるというより、近寄りがたい人間としてけむたがられ、革世天道社でも、志斉塾においても、〈棚上《たなあ》げ〉されてしまっておるが、その方《ほう》たちは、そうではない……

　黒川は、その熱弁と精力的で地道《じみち》な運動で、皆を組織し、引っ張ってゆく。

　村上は、その一途《いちず》な理想への情熱と献身《けんしん》ぶりで、皆の心を魅了《みりょう》し、虜《とりこ》にする。

　どちらも、わが社中には欠かせぬ。おぬしたちは、まさに、革世天道社を支える〈車の両輪〉じゃ……。わしは、本当に、おぬしたちを信頼し、頼りにしておる。

村上　…いえ、狭間さん、とんでもないことです。私など、同志たちと共に「夢みる」しか能がない、心をわが社中のために捧げるしか能がない人間です。

狭間さんや黒川さんのような、凄い知力と胆力《たんりょく》を併《あわ》せもったお方に比べれば、幼い子供のようなものです……

**黒川**　しかし、村上、おぬしのその、子供のような心根《こころね》は、われらには無い、おぬしの得がたい資質《ししつ》であり、武器ぞ……

同志たちにとっては、おぬしの存在は、まさに「甘露《かんろ》の大水《たいすい》」となるのだ。おぬしのような人物がおればこそ、多くの満たされぬおもいを抱《かか》えた若者たちが、わが社中に加わり、革世天道社は、ここまで巨《おお》きな組織に成長をとげたのだ。

わしだって、おぬしがおったからこそ、組織づくりのために、思いっ切り、腕を振るえたのだ……

**狭間**　……いや、本当に、わしもそう思う……。おぬしたちあっての社中であり、志斉塾でもある。どちらが欠けても、社中の同志は、ここまで増えなかったし、今あるような形の組織にはなれなんだ。

……しかし、黒川も、村上も、おもえば不思議な者どもよの……

（ここで、黒川に、さらに酒を勧めながら）黒川、おぬしは、わしと知り合うまで、いかなる人生を渡ってきたのか？　……詮索《せんさく》する気はないが、差しつかえなくば、この際、いささかなりとも聴かせてはくれぬか？

黒川　（狭間から勧められた酒を飲みながら）……は……。そう改めて問われると、気恥ずかしゅうござるが、……

それがしの家は、以前にも申し上げたことがありましたが、小禄《しょうろく》の御家人《ごけにん》でござった。それがしの父は、小普請組支配組頭《こぶしんぐみしはいくみがしら》でしたが、生みの母は、実は、さる旗本の人妻で、それがしは〈私生児〉でござる……

狭間　……うむ……

黒川　父の密通《みっつう》相手である私の母の夫は、実は、父の上役《うわやく》に当たる小普請支配役《こぶしんしはいやく》の旗本でござった。

狭間　……ほほう、……上役《うわやく》の人妻《ひとづま》と情を交《か》わすとは、なかなか、大胆な御仁《ごじん》であられたのじゃの、貴公《きこう》の父上は……

で、いかが相《あい》なった？

黒川　……は……。この上役は、己《おの》れのふがいなさを棚《たな》に上げ、妻を寝取った部下である私の父を逆恨《さかうら》みし、不義密通《ふぎみっつう》の咎《とが》を口実に免職に追い込もうとしましたが、父が多額の賄賂《わいろ》を贈って、どうかご内聞《ないぶん》にと訴えたので、かろうじて免職だけはまぬがれました。

狭間　……うむ……

黒川　その代わりに、上役は、妻と父との間に生まれた私生児、つまり赤子《あかご》の私を、密《ひそ》かに父に引き取らせました。

私は、父と、父の妻、つまり私の「義母《ぎぼ》」との間に生まれた子ということにされて、育てられました。

幼き頃より、義母からは〈厄介者《やっかいもの》〉として毛嫌いされ、事《こと》あるごとに虐待《ぎゃくたい》を受けましたし、他の母違いの兄弟どもからも、蔑《さげす》まれ続けました……

子供の頃は、陰気《いんき》で体も小さく、腺病質《せんびょうしつ》でしたから、武道は全く苦手でござった。

しかし、幸いなことに、学問の才はあり、内に屈辱の念を秘めつつ、黙々と学び続けました……

狭間　……むごいものよの……この世は。

しかし、いつの日にか、芽の出る機会を狙《ねら》いながら、ひたすら〈雌伏《しふく》の時〉をもちこたえておったのじゃな……

黒川　…さよう。やがて、二十三の歳《とし》、たしか、天保三年でござったが、佐藤一斎《さとういっさい》先生の門《もん》下生《かせい》になり、そこで初めて、当時やはり門下生であられた狭間主膳殿と面識《めんしき》を持ちました。

狭間　…うむ、さようであったの……。おもえば、貴公《きこう》とは、古い付き合いで、しかも佐藤一斎先生が縁で知り合《お》うたわけじゃの……奇妙なものじゃ……

黒川　……さようでござるな……。二十五の時に、父のつてで「甲府勤番与力《こうふきんばんよりき》」となり、甲斐《かい》におもむきました。甲斐在任中に、学問の才を買われて、向学心の旺盛な在地《ざいち》の豪農《ごうのう》の者たちに門弟《もんてい》をもつこととなり、比較的暇《ひま》であった勤務の合間《あいま》に教えたことが縁で、ある豪農の門人の娘を妻とし、経済的にも後ろ盾《うしだて》となってもらえるようになりました。

しかし、……

狭間　……例の天保七年の「郡内一揆《ぐんないいっき》」に巻き込まれたのだったの……

黒川　…さよう…。狭間殿もご存知のように、天保七年の地獄の大飢饉がもとで、郡内地方から甲斐《かい》全域にまで拡がり、三万人にも及ぶ貧農と無宿人《むしゅくにん》どもによって、百六ヵ村・三百軒以上もが打ちこわされたという、かの恐るべき大一揆でござる……

狭間　…うむ…

黒川　大凶作と米価の高騰《こうとう》、甲斐の特産品であった絹《きぬ》の暴落などが原因でござった。

狭間　郡内一揆は、天保四年以来数年にわたって続いた大飢饉をきっかけに、諸国で荒れ狂った数々の一揆・打ちこわしの中にあっても、その規模の大きさと烈《はげ》しさにおいて、特筆すべきものの一つであった。

「甲府勤番」の者たちの手には負えなくて、幕府は大慌《あわ》てで周辺諸藩の出兵を仰《あお》ぎ、かろうじて鎮圧《ちんあつ》したものの、体面は丸つぶれじゃ。

甲斐は、「天領《てんりょう》」じゃったからの……

**黒川**　…その通りです……。他の国々で起こった大一揆もそうですが、郡内一揆が幕閣や諸藩、さらには、幕政の前途《ぜんと》を憂《うれ》うる有識者《ゆうしきしゃ》たちに与えた衝撃は大きなものでした。

外国船の来航による侵略の脅威もそうですが、昨今《さっこん》のわが国の政《まつりごと》が、もはや、個々の藩や幕府の力のみでは手に負えぬ、深刻な破綻《はたん》をきたしつつあり、経済・技術・軍事・制度の諸方面から、根本的な見直しを迫られておることを、心ある者たちに強烈に印象づけた出来事でありました……

**狭間**　…うむ…まさしく、その通りじゃ。

**黒川**　それがしも、あの大一揆に遭遇《そうぐう》するという体験がなければ、その翌年の天保八年に、狭間さんや村上と革世天道社を結成して、幕政を根底から変革し、新しい国づくりをめざすという、大それた望みを抱《いだ》くことはなかった、と思います。

**狭間**　…うむ……さようであろうの……。おぬしにとっては、われらの力で〈世直し〉を実現することが可能だという、〈大望《たいもう》〉を生み出すきっかけとなった、生涯の一大事件であったのじゃな。

**黒川**　…いかにも……。しかし、……同時に、それがしにとっては、大きな、苦《にが》い代償を支払わされた事件でもござった……

あの郡内一揆の折、私の妻の父、つまり義父《ぎふ》は、一揆方《いっきがた》に加担《かたん》し、そのために処刑され、妻も、あとを追って自害いたしました。

狭間　……うむ……甲斐でのおぬしの体験に、何か、人には語りたくない、暗い秘《ひ》め事《ごと》があったとは、前々から察《さっ》してはおったが……。さようなことがあったか……

黒川　……はい……。義父以外にも、それがしの門弟《もんてい》たちは少なからずござりましたが、皆、同心《どうしん》して、〈義《ぎ》〉のために一揆方につきました……
それがしも誘われ、随分《ずいぶん》と煩悶《はんもん》し、迷うたのですが、…拙者《せっしゃ》は、やはり、甲府勤番与力という、ご公儀《こうぎ》から禄《ろく》を頂いておる身であり、いかにやむなき事情があるとはいえ、いたずらに犠牲を生み出すだけの、かような、百姓や無宿人どもの発作的な暴挙に加担するわけにはいかなかったのです。

狭間　……うむ……その判断は賢明であったが、しかし、その方《ほう》の義父やご内儀《ないぎ》、門弟衆が一揆方に加担していたとなれば、上役《うわやく》の「勤番《きんばん》支配役《しはいやく》」や「組頭《くみがしら》」、それに、同僚の「与《よ》力《りき》」「同心《どうしん》」たちから、疑いの目で見られたことであろう。

黒川　……は……しかし、それがしは、忍びがたきを忍んで〈決断〉した後、ただちに妻に去《さ》り状《じょう》を送り、門弟どもを義絶《ぎぜつ》いたしましたゆえ、…上役や同僚も、「あっぱれなる振るまい」と申され、事無《ことな》きを得たのでござる……

狭間　…うむ……賢明ではあったが、……しかし、さぞやつらかったであろう、お察《さっ》しする……

黒川　…いえ……幼き頃より、実家にて義母・兄弟どもから虐待を受けながら、久しき歳月を耐え抜いてまいりましたゆえ……

人の世とは、かようにむごきものと、つねに、肚《はら》をくって生きてきました。つろうござったが、所詮《しょせん》、祝福されずにこの世に生まれ落ちてきたこの身《み》が、甘んじて受けるべき、人生の皮肉なめぐり合わせ、〈さだめ〉と思い決め、一切の〈感傷〉は捨て去ってござる……

ただ、一揆鎮圧《ちんあつ》の後《あと》の、みせしめのための処罰・処刑はあまりに酷《むご》く、義父や妻や門弟たちの〈呪詛《じゅそ》〉の声が、日夜、わが胸の内に響きわたり、…とうとう、耐え切れずに甲府勤番与力の職も辞《じ》し、一介の浪人者となり、甲斐を去って江戸に舞い戻りました。

江戸で狭間さんに拾《ひろ》われて、「志斉塾」の塾長にして頂き、また、同じ〈革命〉の同志である村上にもめぐり逢えて、抜《ぬ》け殻《がら》のようだった私も蘇り、新たな生き場所・死に場所を得て、歩み出すことができたのでござる。

狭間　…うむ……よく再起を果たし、至らぬ首領であるわしの片腕となって、社中のために獅子《しし》奮迅《ふんじん》の働きをしてくれた……

わしとおぬしは、共に佐藤一斎先生の門人として、深き縁《えにし》で結ばれた間柄《あいだがら》じゃ。

わしも、佐藤先生には多大なる影響を受けてまいったが、貴公《きこう》も、先生の教えが〈再起〉のきっかけとなり、また〈支え〉ともなったと、かつて、申しておったことがあったの。

**黒川**　…はい…。甲斐から江戸に舞い戻った頃の拙者《せっしゃ》は、抜け殻のようでござったが、その時、狭間さんと再会したことがきっかけとなり、再度、佐藤一斎先生の『言志録《げんしろく》』の条文を繰り返し熟読し、新たな発見を得たのです。（ここで、『言志録』を取り出す）

多忙ですが、いつも、座右《ざゆう》に置いて、佐藤先生のこの書を読み返してきました……

私の〈再起〉のきっかけとなった先生の思想は色々とあるのですが、例えば、次のような箇所です。

「人は須《すべか》らく自《みずか》ら省察《しょうさつ》すべし、天《てん》は何の故《ゆえ》に我《わ》が身《み》を生み出し、我《われ》をして果《はた》して何の用に供《きょう》せしむる。我既《われすで》に天物《てんのもの》なれば、必ず天役《てんのやく》あり。天役共《てんのやくきょう》せずんば、天の咎《とがめ》必ず至らん、を。省察ここに到《いた》れば、則《すなわ》ち我が身の苟《かりそめ》に生《い》く可《べ》からざるを知る」

**狭間**　……うむ……。そこは、わしも常々《つねづね》、肝《きも》に銘《めい》じておるところの一つじゃ……

いかなる境遇、めぐり合わせの下《もと》に生まれても、人には、それぞれ、已《おの》れにしかできぬ、已れならではの、天から与えられた〈使命〉〈役割〉というものがある、ということじゃ。

それによくよく想い到《いた》れば、たった一度限りの人生、あだやおろそかに生きるべきではない……なしうる限りのことをなし、燃え尽《つ》きるべきじゃ……

**黒川**　……さようでござる……

本当に、腑《ふ》抜《ぬ》けていたそれがしに、〈活《かつ》〉を入れて頂いた言葉です。

また、次のような箇所もござる。

「士当《しまさ》に己《おのれ》に在《あ》るものを恃《たの》むべし。動天驚地《どうてんきょうち》の極大の事業も、また都《すべ》て一己《いっこ》より締造《ていぞう》す」

……この身はいかに小さかろうとも、己《おの》れの内に眠っているもの、潜在《せんざい》しているものの〈封印《ふういん》〉を解《と》き、自在に活《い》かすことのできる境地にまで、己《おの》れを鍛《きた》え上げることができるなら、いかなる〈大望《たいもう》〉も、ただの絵空事《えそらごと》の夢には終わらぬ。

天をも動かし、地に生きる者を驚嘆《きょうたん》せしめるほどの極大の大事業とて、すべては、己《おの》れ自身という、〈小さき身《み》〉の内より生まれ、つくり上げられるもの……

身《み》の内《うち》から、赤々と〈炎〉が燃え上がり、それがしの内に不動の〈志《こころざし》〉が誕生するきっかけとなった、忘れがたい一節でござった。

**狭間**　……うむ……

**村上**　私も、今、黒川さんがお読み下された佐藤先生の言葉を、肝《きも》に銘《めい》じています。

己《おの》れならではの〈志〉を立て、今の腐り切った政《まつりごと》を討ち滅ぼし、汚《けが》れた世のありさまを祓《はら》い清め、〈義《ぎ》〉のつらぬかれた、天道《てんどう》にかなう〈美しき世〉を、われら自《みずか》らの手でつくり上げるという、高き理想・夢に向かって、ささやかながら、己《おの》がいのちを燃やし、捧《ささ》げたい……私は、そう念じてきました。

**狭間** ……うむ……よう、わかっておる……

村上、おぬしは、元、信州・飯山《いいやま》藩の藩士だったの…

**村上** ……はい。

**狭間** おぬしも、昔のことは、われらに語ろうとはしなかったの。やはり、黒川と同じく、色々とつらい思い出があるようじゃが、もし差《さ》しつかえなくば、この際、いささかでも語ってはくれぬか？

もちろん、決して口外《こうがい》はせぬし、これまで苦労を分かち合ってきたわれら三人の〈絆〉を一層固める上でもの……

**村上** ……は……。しかし、それがしは、別段、幼少の頃より苛酷な辛酸《しんさん》をなめてこられた黒川さんのような、鍛え上げられた苦労人ではありませぬ。

父は、飯山藩・本多《ほんだ》家で代官を務めておりましたが、郡奉行《こおりぶぎょう》から、同僚の代官たち、郡《こおり》方《かた》の目付《めつけ》まで抱《だ》き込んだ、組織ぐるみの不正による〈年貢収奪《ねんぐしゅうだつ》〉のからくりをあばいて、ご家老《かろう》衆に訴えたため、藩上層部の権力争いに巻き込まれて、不正の〈ぬれぎぬ〉を着せられたあげく、〈切腹〉に追い込まれました……
大塩の乱の起こった天保八年のことでござった。それがしは、まだ、弱冠二十二歳でした。
一家は離散し、単身江戸に上《のぼ》った私は、「志斉塾」に入り、そこで狭間殿と黒川さんにお逢いすることとなったわけです。

**狭間**　……不思議な縁《えにし》じゃの……

**村上**　……は、…まことに奇《く》しきえにしでござる……
お二人にお逢いし、「革世天道社」の結成に参画《さんかく》させて頂いて、私の人生は、黒川さんと同様、大きく転換し、思いもよらぬ運命を辿《たど》りました……。まさに、天道《てんどう》の導きと申すほかはありません。
以来、七年、私は、天道社中《てんどうしゃちゅう》の一人として、狭間さん、黒川さんのご指導の下《もと》、美しき世を夢みて、同志たちと共に〈義〉のために献身してまいりました……

**狭間**　…うむ…。得がたき同志であり、黒川共々、わしの良き片腕となって働いてくれたの
……

**村上**　…いえ、お恥ずかしき次第です……
先ほど、黒川さんのお言葉の尻馬に乗って、私も佐藤一斎先生の教えを肝に銘じている

などと、ついつい、軽率《けいそつ》なことを申してしまいましたが、正直に申せば、私は、黒川さんや狭間殿のように、佐藤先生の教えを自家薬籠《じかやくろう》のものとなしえているわけではありません。佐藤先生の教えには、今もってとらえどころのないものがあり、まだまだ、私ごとき者にはわかりかねる、深遠で微妙な言い回しの言葉が多々ござって、とても己《おの》が生きざまの文脈に則して消化し切る、というわけにはまいりません。

これで、「志斉塾」の〈助教〉を務めておるのですから、内心、後ろめたきものがあり、いつも塾での講読の際には、黒川さんに助けて頂いておるし、時には、狭間殿にも、恐る恐る、的《まと》はずれの質問をぶつけてまいりました。

**狭間**　…なんの、なんの……。村上、おぬしの〈読み〉には、的はずれの時でも、妙に何かの〈勘《かん》どころ〉に触れていることが多い。

わしには、けっこう面白く感ぜられてきた。

**黒川**　拙者もでござる。村上の独特の解釈、独特の目のつけどころは、なかなかに得がたきものがあり、塾生たちの教育にとって、決して悪いものではない。

私も、村上の〈助教〉としての役割は、志斉塾にとって、好ましき方向に働いてきたものと、思うておりまする。

**狭間**　……うむ……そうじゃの……

**村上**　…しかし、私は、その……こんなことを申すと、狭間殿には叱られるやもしれませぬが、……実は、復古神道《ふっこしんとう》を唱える平田篤胤《ひらたあつたね》殿の「皇国《こうこく》の志《こころざし》」に、けっこう惹《ひ》かれるものを感じておるのです……

**狭間**　……ほう……いかなる所に惹かれるのじゃ？

**村上**　……は……惹かれると申しましても、私は別段、平田殿の門人になろうとは思いませんし、平田派の国学者たちのように、『古事記《こじき》』をはじめとする諸々の神話・伝承を真《ま》に受けて、〈神国日本〉の歴史を、奇怪な神霊《しんれい》・妖魔《ようま》の営みによって強引に説明せんとするような、狂信者の考えにはついていけません。

**狭間**　うむ、もっともなことじゃ。

**村上**　しかし、生者《せいじゃ》の住む「現世《うつしよ》」と死者の住む「幽世《かくりよ》」、そして禍々《まがまが》しき邪霊の汚《けが》れが群れ集まる「夜見《よみ》の国」という三つの世界が交流し合い、一体となって、この天地が営まれ、その目に視えぬ〈霊〉の世界のうねりの中から、人の〈いのちの火〉が紡《つむ》ぎ出され、赤々と燃え上がることによって、われらの生きるべき〈正しき国体《こくたい》〉の姿が啓示《けいじ》されるとする思想は、私の心を熱く照らし出す何かがあるような気がするのです。

それは、深々とした〈闇〉のうねりの底から、白熱した〈光〉が紡《つむ》ぎ出されてくるような感覚なのです……

狭間　……うむ……

　私は、若い頃、大坂の「懐徳堂《かいとくどう》」で学び、山片蟠桃《やまがたばんとう》殿の「窮理《きゅうり》の学」に影響を受けてきたせいか、平田篤胤殿とは違い、神話の神々やおどろおどろしい妖魔《ようま》の世界に魅入《みい》られるような資質《ししつ》とは、縁遠い。

　したがって、平田派の国学者どもにみられる、神がかった淫祠邪教《いんしじゃきょう》の匂いというものを全く好まぬし、自説の正当化のためには、西洋の学問成果の一部すら己《おの》が体系の内に取り込み、強引な〈こじつけ〉を行《おこな》ってみせる、彼らの、〈妄想〉としかいいようのない狂信者の姿勢には、ほとほとうんざりしておる。

　佐藤一斎先生も、わしと同意見じゃ。

黒川　当然でござろう。

狭間　…じゃが、村上が今、素直に打ち明けてくれた感覚にも、一理あるものを、私は感じておる。

　村上喬平が、わが志斉塾の学生や、革世天道社の同志たちを深く魅了《みりょう》している何かと、同じ匂いを、私もまた、平田篤胤殿の書物に流れる〈文体〉の内に、感ぜずにはおれないからだ。

　それは、われらの生きる、この現世《うつしょ》の汚濁《おだく》の渦中《かちゅう》を突き抜けて、〈彼岸《ひがん》〉の理想に向かって一途《いちず》に邁進《まいしん》する、〈火〉のような情熱といってもよいかもしれぬ……

大塩平八郎にも、似たようなものをおぼえる。

**黒川**　…同感です…。平田篤胤殿にも、彼の教えに熱烈に傾倒する平田派の門人たちにも、なにか、とてつもなく烈《はげ》しい、〈火柱《ひばしら》〉のごとき情熱がある……

それは、このみじめな地上にわれらを這《は》いつくばらせようとする、おぞましき現世《うつしよ》の、禍々《まがまが》しき力に抗《あらが》い、天に向かって、誇り高く、己《おの》が力と意志とを主張し、〈炎〉となって燃え上がらんとする〈雄叫《おたけ》び〉のようなものでござる。

平田殿や大塩平八郎にも、村上にも、そして、この黒川や、わが革世天道社の同志たちにも、その烈《はげ》しい、怒りの〈火〉の心がござる……

冷徹かつ慎重な、醒《さ》めたまなざしをもたれる狭間さんの内にも、われら三人で革世天道社を結成した当時の、あの烈しい、腐り切った幕政への〈怒り〉の心は、今も煌々《こうこう》と燃え続けておられるものと、われら同志は固く信じております。

**狭間**　……むろんのことじゃ……

**黒川**　…だったら、われら同志たちの〈決起《けっき》〉に向けての声を、これ以上、抑《おさ》えつけておかれるのは、理《り》にかなわぬことではありませんか。

**狭間**　……よく心得ておるわ……。おぬしたちの心根《こころね》は、社中結成当初からの同志であり、首領でもある、この狭間主膳には、痛いほどにわかっておる……
だが、黒川・村上、焦《あせ》るな。
これから申すように、まだ、検討しなければならぬ問題が残っておるのじゃ。
……しかし、その前に、黒川……どうでもよいことかもしれぬが、ひとつ尋《たず》ねてもよいかの？

**黒川** ……はて、何でござる？

**狭間** 黒川竜之進というおぬしの名の由来についてじゃ。竜之進の名は、お父上がつけられたのか？

**黒川** …奇妙なことを聞かれるものよ……。いかにも、父の命名《めいめい》でござる。〈不義者《ふぎもの》〉の子として生まれた拙者《せっしゃ》に、父は、「いかなる理不尽な、呪われたさだめと境遇の下《もと》に置かれようとも、その方《ほう》は、この俗世のいかなる権威や掟《おきて》の下《もと》にもひれ伏すことのない、誇り高い〈もののふ〉の心を持て。天に向かって、己《おの》れの自我意志と大望《たいもう》とを傲《ごう》然《ぜん》と叫ぶことのできる、火のごとき〈竜《りゅう》〉の心を持て」という想いを込めて、竜之進と名づけたと、父は、それがしだけに密《ひそ》かに打ち明けてくれたことがありました。

**狭間** …ふむ、なるほど……

**黒川** 父は、世間体《せけんてい》にがんじがらめになった、小人《しょうじん》の、凡俗の侍どもによって支えられてきた、この卑小な世の仕組《しくみ》に対して、深い憤《いきどお》りの心を抱《いだ》いておりました。
せせこましい俗世の掟《おきて》によって囲い込まれ、痛めつけられてきた己《おの》れの不甲斐《ふがい》ない人生に対する、〈無念さ〉の想いを晴らしたい、との一心《いっしん》から、それがしに、竜之進という名を与えたのでござろう……

**狭間**　……うむ……

**黒川**　実は、父は、ある風変わりな禅僧に深く帰依《きえ》しており、その老師の教えの下《もと》で、和漢のさまざまな哲理《てつり》に触れ、独自の学問を会得《えとく》しておったのでござる。
小普請組《こぶしんぐみ》の組頭《くみがしら》という比較的気楽な仕事の合間《あいま》を縫《ぬ》って、己《おの》れの鬱屈《うっくつ》した想いを、学問にて代償《だいしょう》しておったようです。

**狭間**　…ほう…。それは、おぬしの父上と母上の不義密通《ふぎみっつう》の頃であったのか？

**黒川**　……いえ……。それがしが生まれた頃の父は、たしかにすでに、かなりの知識人ではありましたが、まだ、後年《こうねん》のように、己《おの》れの独自の考え方を編み出してはおりませんでした。
ただし、当時も、〈龍《りゅう》〉に対する父なりのこだわりはあったようです……

**狭間**　……それは、おぬしの名のつけ方の話からも、はっきりとわかる。
しかし、面白い御仁《ごじん》であったのじゃの、おぬしの父上は……

黒川　陰《いん》にこもった、冷たい性格の、そのくせ妙に過剰《かじょう》なところをもった、えげつない男でござった。
晩年の父は、それがしの名のもとになった、〈龍〉という奇怪なる生き物について、次のようにも申しておりました……
狭間　……ふむ、なんと申されておった？
黒川　〈龍〉には、〈水〉と〈火〉の二つの相《そう》がある。
〈水〉は、人の力にては御《ぎょ》し得ぬもの、絶えず流動し、かたちなきもの……森羅万象《しんらばんしょう》の内に宿《やど》り、人の思惑を超えて、あらゆるものを己《おの》が意のままに操《あやつ》り、翻弄《ほんろう》する……。人のあらゆる力も、営みも、思惑も、この〈水〉の〈龍〉のはからいの前では、無力であり、悪あがきでしかない。
すべてを押し流し、〈無〉に帰する力をもつのが、〈水〉の相じゃ。
それに対して、〈火〉の相は違う、と……
狭間　…うむ……たいそう興味深い……。お父上は、〈火〉の相について、なんと言われた？
黒川　〈火〉は、〈水〉の圧倒的な流れの中では、己《おの》が身を保つことができず、消し去られるほかはない……。一見、〈火〉は〈水〉には勝てぬ。

だが、「生きる」という営みは、元々、己《おの》が内から〈火〉を紡《つむ》ぎ出すことぞ。人の思惑や営みを超えて森羅万象を翻弄せんとする〈水〉の猛威に対して、〈火〉の力を対峙《たいじ》させることじゃ……

人は、〈火〉の心と〈火〉の力とをもって、天に向かって屹立《きつりつ》せんと挑《いど》むことで、己《おの》がかたちを保持し、それを新たにし、たとえ限られた範囲内であろうとも、〈水〉を自在に御《ぎょ》し、己《おの》れの〈志〉のために利用することができる。

〈火〉の〈龍〉を己《おの》が内から解き放て……さすれば、〈火〉の〈龍〉は、〈水〉の〈龍〉に屈することなく、それを相手取って、己《おの》が勢力を拡げてゆくことができよう……それが、人が〈大望《たいもう》〉を抱《いだ》き、成就せんとすることであり、この空《むな》しき憂《う》き世《よ》を悔いなく生きる道じゃ……と。

**狭間**　……むむ……まさに、恐るべき御仁《ごじん》であったのじゃの…おぬしの、今は亡《な》き父上は……。おぬしの、常人《じょうにん》にあるまじき、狂気のごとき情熱と精力も、なにか、今の言葉を聴いておると、わかるような気がする……

**黒川**　…まあ、これは、あくまで、晩年の父と繰り返し語り合《お》うているうちに、それがしなりに咀嚼《そしゃく》し、それがし流の感覚と言葉にて「言い換《か》えた」ものではござるが……

**狭間**　……いや、いや、その〈火〉と〈水〉の龍をめぐるおぬしの言葉には、端倪《たんげい》すべからざるものがある……
佐藤一斎先生も、かねがね、雄々《おお》しき〈火〉の魂を、女々《めめ》しき〈水〉の魂に対峙《たいじ》され、〈火〉を〈水〉よりも優位に置き、〈水〉を御《ぎょ》し、〈火〉の目的に仕《つか》えさせんとした。人の理知の力によっては御《ぎょ》し得ない〈水〉の混沌《こんとん》たる力、すべてを洗い清めんとする〈水〉の流れというものに屈せず、翻弄《ほんろう》されず、誇り高い人間の〈火〉の力によって〈志気《しき》〉をとぎすませ、己《おの》が支配の領域を粘り強く拡《ひろ》げてゆくこと……それが、これからの新しき世における人の道じゃ。
西洋列強に対峙《たいじ》しうる、新たなる東洋の強国「日本」の進むべき道なのじゃ。〈火〉の精神こそ、すべての上に君臨《くんりん》し、すべてを支配するものじゃ……

**村上**　……平田篤胤殿も、そのように主張されておられます。火ばかり尊《とうと》きものはなし、と……

**黒川**　…さよう。私も、そう思う……。天に向かって己《おの》が力と意志を主張してやまぬ、烈《はげ》しき〈火〉の心こそ、われら革世天道社の魂じゃ……
そういう、われらの心と、正反対のことを申すのが、河井月之介の水明塾の精神なのだ。

**村上**　…そうです…。あの人の言うことを聴いていると、われらの抱《いだ》いているような、新しき政《まつりごと》、新しき〈国体《こくたい》〉への理想とは似ても似つかない、人間を一人ひとりのひ弱な〈個人〉にして、内へ内へとまなこを向けさせてゆくだけの、女々《めめ》しい、退嬰《たいえい》的な精神しか、視えてはこない。

**黒川**　…さよう。そんなことをいくらやってみても、それこそ出家遁世《しゅっけとんせい》した坊主《ぼうず》の〈禅《ぜん》問答《もんどう》〉のごときもので、なんの前向きな〈国づくり〉の提案にもつながらん。

奴の思想は、世の中に対して不遇感を抱えた、〈落ちこぼれ〉の不良青年や、根無し草の、人生に対して何の〈志〉も〈見通し〉も持ち得ない、その日暮らしの下々《しもじも》の無頼《ぶらい》の徒《と》に、一時しのぎのさびしい〈慰《なぐさ》め〉を与えてやるぐらいが、関の山さ……

女々しい〈水〉の心しか、流れてはおらん。

大塩平八郎のごとき、烈しい〈火〉の理想も、情熱もない。

**村上**　…いかにも！

**黒川**　小幡藤九郎めも…今では、すっかり河井月之介に魂を抜き取られて、奴の説に、しおらしく頭《こうべ》を垂《た》れておるだけの、飼い猫のような〈腑《ふ》抜《ぬ》け侍〉に成り下がりおった。

かつては、わが革世天道社の同志の中にあっても、腐敗《ふはい》し切った幕政への憤《いきどお》りと改革への情熱において、随一《ずいいつ》の者であったものを……

河井月之介の感化を受けるようになってから、政《まつりごと》への情熱は跡形《あとかた》もなく消え失《う》せ、見るもむざんに去勢《きょせい》され、変わり果ててしもうた。

狭間　小幡藤九郎が、突然われらの社中を抜けると申し出てきおったのは、たしか三月《みつき》ほど前じゃったの？

黒川　…さようでござる。狭間さんもよくご存知のように、ここ一年以上にわたる小幡のふるまいが明らかに以前とは違い、なにか、さまざまな口実《こうじつ》を設《もう》けて、われら同志たちを避けておるふうだったので、怪訝《けげん》に思ったそれがしと村上は、今年の春以来、多忙の合間《あいま》を縫《ぬ》いながら、奴の通う水明塾に入学し、潜入して、小幡の動向を注意深く観察してまいりました……奴の付き合う塾生仲間や、河井月之介との関係に十分目を光らせながら、同時に、江戸でも〈変わり者〉の吹きだまりとの評判の高い、この面妖《めんよう》な私塾に通う若者どもと、根気よく付き合《お》うてきました。

なにしろ、恐ろしく孤独で、内にこもった、その上、ひとクセもふたクセもある、とらえどころのない塾生ばかりなので、正直、気骨《きぼね》が折《お》れもうした……

しかしおかげで、さまざまな、面白い、使いごたえのありそうな少壮有為《しょうそうゆうい》の者どもを発掘《はっくつ》でき、その内の何人かは、わが社中の同志として取り込むことに成功しました。

それがしには面食《めんく》らうことが多かったですが、すべては、ここにいる村上喬平の働きのおかげです。

狭間　……うむ……いや、ご苦労じゃった。

実は、わしは、前々から、あの水明塾という存在と河井月之介という人物が、気になっておった……。大塩平八郎の洗心洞《せんしんどう》によく似た匂いがしておるのに、なにかが違う。しかも、水明塾出身の河井月之介の門人たちの何人かと話をする機会があった折に、ひどく印象深かったのじゃが、どうやら、その洗心洞とは違うなにかが、水明塾に通う若者どもを、強く惹《ひ》きつけておるらしいのじゃ……

嗅覚《きゅうかく》のようなものとしか言いようがないが、わしは、それが、ひどく気にかかっての。で、ここ半年ばかりの間に、つまり、おぬしたちに水明塾の塾生として潜入してもらうようになってから、わしも、折にふれて、河井殿を訪《おとず》れ、いささか話を交《か》わすように心がけてまいったのじゃ。小幡の件も、気がかりじゃったからの……

おぬしたちには悪いが、わし自身の目でも、直《じか》に、あの御仁《ごじん》を観察してみたかった。

**黒川**　で、……いかがでござった、狭間殿の目には。

**狭間**　…うむ……わしの目には、あの河井月之介という人物は、おぬしたちの印象とはいささか異なり、なんというか、もっと「食えない」御仁《ごじん》のように映る……

必ずしも、おぬしたちの言うように、〈火〉の情熱というものの無い、女々しいだけの〈水〉の精神の持ち主とも思えぬのじゃ。

佐藤一斎先生とは別の意味で、とらえどころのない、底の知れない人物のような気がする……

**黒川**　……買いかぶりでござるよ……。一体、あの男のどこが、狭間さんにそのような〈底の知れなさ〉の印象を与えるのです？

**狭間**　……ふむ……そう言われても困るが……

なにしろ、河井殿と私は、昨今《さっこん》の内憂外患《ないゆうがいかん》の問題と、世相《せそう》の印象をめぐって、よもやま話をしてきたにすぎんし、ハレモノにさわるというような臆病《おくびょう》さではなかったが、お互い慎重な話しぶりで、忌憚《きたん》なく相手に肚《はら》の内を見せるというほどの、つっこんだ議論をしたわけではないからの……

そうじゃの……強《し》いて言うなら、わしと何気《なにげ》なく話されておる時の、あの御仁《ごじん》の、深く静まり返った、独特の気配《けはい》かもしれぬ。

**黒川**　……気配とは？

**狭間**　…うむ……なにか、底の知れぬ〈湖〉のような……

そう、やはり、あの河井月之介という人物には、〈水〉の気配が流れている。

だが、あの御仁《ごじん》の〈水〉は、決して、女々しい、ひ弱なものではない……

なにか毅然《きぜん》たる、不動の〈靭《つよ》さ〉ともいうべき、不敵な匂いが感ぜられる。

それは、ひとつの〈火〉のかたちではないかの？

われらとは違う〈火〉なのかもしれぬが……

**黒川**　……河井月之介は、私と村上が講義の後で質問に行き、彼の考えに対して執拗《しつよう》に反論し、食い下がった時にも、決して、われらの挑発に乗ったり、われらの意見を論駁《ろんばく》せんとして熱くなる、ということはなかった。

ただ、われらの意見に、真剣に、じっくりと耳を傾けた上で、己《おの》れの考えを淡々と述べるだけでした……たしかに、〈水〉のような静けさを漂わせた男でござる。

しかし、塾生相手の講読の際には、静かな中にも、恐ろしいほどの集中力で、時には、火のような気迫を込めて、文章の内容と己《おの》が考えを烈《はげ》しく交錯《こうさく》させつつ、懸命《けんめい》に語ろうとする……たしかに、一種異様な〈熱気〉を感じます。

なにか、よほどの暗い鬱屈《うっくつ》、不遇感のようなものを抱《かか》えた男かもしれません。

それがしのような者でも、時に、あの男の全身から発せられる、凄《すさ》まじい〈殺気〉のような気配に、身がすくむことがござった……

**村上**　……それは、私にも覚えがあります。

それがしが、いつか、河井殿に、「かつて大塩平八郎の洗心洞で学ばれた経験をお持ちなのに、あなたには、大塩殿のような、〈世直し〉へのひたむきな、熱い〈理想〉が無いのですか?」と食い下がった時に、河井殿は一瞬黙られて、私の目をじっと見据《みす》えられましたが、あの時の〈殺気〉の凄まじさには、思わずぞっとしました……なぜか、怖ろしくて、それ以上、言葉が出なくなりました……

**狭間**　……うむ……わかるような気がする……

あの男の〈水〉の気配の中には、たしかに、われらの思いも及ばぬような類《たぐい》の、なにか、凄まじい〈火〉が燃えておる……

**黒川**　……いつか、河井月之介が申しておりました。

真のいのちの〈火〉は、〈水〉の中からのみ生まれ、〈水〉との間に精妙な〈均衡《きんこう》〉を保つことができる。〈水〉の中から紡《つむ》ぎ出されてきた〈火〉は、決して〈水〉を敵に回すことはない。つねに、〈水〉への畏怖《いふ》の心をもち、〈水〉の恵みに感謝と祈りの心を捧げるものだ…と。

それは、先ほどの村上の話にもありましたが、それがしが、「あなたの思想には、繊弱《せんじゃく》な、女子《おなご》のような〈水〉の心はあっても、政《まつりごと》への、熱誠溢《あふ》れる、雄々《おお》しい〈火〉の心はない」と絡《から》んだ折に、彼が私に語った言葉なのです。

先にも申し上げた、火と水に関するそれがしの考えとは、まさに正反対のものなので、とても印象深く、心に留《とど》めておいたのですが……

**狭間**　……うむ……たしかに印象深い言葉よの……

だが、おぬしたちも申しておったように、〈火〉を〈水〉の内に包摂《ほうせつ》せんとする河井月之介のような感覚では、結局、人のまなこをいたずらに己《おの》が内なる闇へと向けさせ、感じやすく、繊弱な、女子《おなご》のような存在と化することで、あたら才能ゆたかで、精気《せいき》に溢《あふ》れていながら、処《ところ》を得ないでいる若者たちを、〈志《こころざし》〉も〈覇気《はき》〉もない、退嬰《たいえい》的な精神の持ち主にし、空《むな》しく葬《ほうむ》り去るだけのこと……

河井月之介がいかなる不遇感を抱《かか》え、いかなる憤《いきどお》りを胸の内に秘《ひ》していたとしても、そのような精神では、わが国の未来の政《まつりごと》も、強固なる国体《こくたい》のかたちも、望むべくもないし、これからのこの国を形作り、支えてゆく、あるべき民心《みんしん》の〈鏡《かがみ》〉となることはできぬ。

黒川　……いかにも。それゆえに、われらは、河井や水明塾のごとき〈外《はず》れ者《もの》〉を買いかぶる必要など、ないのでござる。

狭間　…それはそうじゃが、……。しかし、わしには、やはり、河井月之介という人物と話していて、一筋縄《ひとすじなわ》ではいかぬ男だという〈得体《えたい》の知れなさ〉の印象を拭《ぬぐ》うことができぬし、なにか不安でならぬのだ……

黒川　……狭間殿らしくもない（笑）。何を、そんなに怖れておられるのか？

一向に、それがしには解《げ》せぬ……

狭間　……うむ……。わしは、あの男の独特の気配の中に、なにやら、今流行《はやり》の、得体の知れない淫祠邪教《いんしじゃきょう》の匂いに通ずるものをおぼえるのだ……

その方《ほう》たちも存じておろう……天保年間に、各地で荒れ狂った一揆《いっき》・打ちこわしの中に、〈弥勒菩薩《みろくぼさつ》〉を奉《ほう》じ、〈世直し〉を称《とな》える、狂信的な民百姓《たみひゃくしょう》の集団が顕《あら》われ、借財の破棄《はき》や質地《しっち》の返還などを求めて、高利貸しや地主《じぬし》どもを襲撃する動きが、数多《あまた》みられたことを……

**黒川**　……は、たしかに……。異様には思っておりましたが……

**狭間**　また、近年、〈世直し〉のお告《つ》げと共にこの世に降臨《こうりん》したとする、怪《あや》しげな神仏を奉《ほう》じ、百姓どもを惑《まど》わす、新興の邪教《じゃきょう》も誕生しておる。

神がかった平田派国学の門人たちの中にも、形こそ違うが、似たような狂信者の匂いを漂《ただよ》わす者どもは多い。

いずれも、危険きわまりない、蒙昧《もうまい》なる淫祠邪教《いんしじゃきょう》の輩《やから》じゃ。

野放しにしておけば、今後この国では、時勢《じせい》の急激な変転の渦中《かちゅう》で、この類《たぐい》の者どもが急速に膨《ふく》れ上がり、収拾《しゅうしゅう》のつかぬ事態に陥《おちい》らぬとも限らぬ……

**黒川**　……狭間さんは、水明塾が、そのような淫祠邪教の輩を育《はぐく》む〈温床《おんしょう》〉になりうるとでも思っているんですか？……ばかばかしい。
河井月之介は、そのような類《たぐい》の狂信者ではござらん。彼は、いやしくも、強靭《きょうじん》な理性を備えた知識人ですぞ。

**狭間**　…わしは、知識があるかないか、強靭な知性の持ち主であるかどうかを問題としているのではない。わしがこだわっておるのは、あの男の、得体の知れぬ、薄気味の悪い〈感覚〉のことじゃ……

時世《じせい》への鋭敏な洞察力を備え、恐るべき知力の持ち主でありながら、その〈知性〉を、われらのごとく、新しき〈国づくり〉の志のための、〈火〉の精神へと転ずるのではなく、理性とはほど遠い、奇《き》っ怪《かい》なる〈闇〉の気配の漂う、なにか、われらのような者には全く解《げ》せぬ〈暗い目的〉のために使おうとしておる……

わしには並々ならぬ聡明《そうめい》な人物と思えるあの男が、時流には目もくれず、ひたすら黙々と育て上げてきた若者どもを通して、一体、何をやらかそうと考えておるのか？

それが、わしには、気にかかってならぬのだ。

**黒川**　……なるほど……。たしかに、あの男には、測《はか》りがたい薄気味の悪さがござる…

**狭間**　わしのこのような淫祠邪教への警戒心は、わしばかりのものではない。

例えば、わしの志をよくご理解いただき、事あるごとに、政策についてのご相談も受けてきた、ご老中・阿部伊勢守《あべいせのかみ》様や、阿部様とも親しい関係にある水戸家《みとけ》の徳川斉昭侯《なりあきこう》も、同じ憂《うれ》いを抱《いだ》いておられる。

斉昭侯は、そのため、ついに、本年の天保十四年から、徹底した寺院整理に取りかかられ、水戸藩内の淫祠邪教を根絶《ねだ》やしになされて、神道《しんとう》と儒教をひとつにまとめ上げ、民心《みんしん》を統合するために、独自の〈祭礼《さいれい》〉の秩序をおつくりになられようとしておる。

また、長州藩では、昨年の天保十三年から今年にかけて、村田清風《むらたせいふう》殿を筆頭に、藩内の淫祠邪教を一掃《いっそう》する改革を推進されてきた。

**黒川**　しかし、民百姓《たみひゃくしょう》というものは、いつの時代でも、無知蒙昧《もうまい》なる輩《やから》であり、己《おの》れの手に負えぬ人生の諸々の災厄《さいやく》や、人の運命を翻弄《ほんろう》する、目に視えぬ力を、さまざまな、荒唐《こうとう》無稽《むけい》なる妖魔《ようま》・神霊《しんれい》の仕業《しわざ》に帰し、それらを信仰することで、己れの心の平安を保とうとしてきた生き物ですぞ。その信仰を完全に一掃《いっそう》することなど、できるものではない。

**狭間**　その通りじゃ…。だからこそ、理性の遠く及ばぬ、それらの、蒙昧《もうまい》なる〈闇〉の領域を、〈国家〉による〈祭礼《さいれい》〉の秩序によって補い、〈民心〉をひとつに統合してゆくことが要求されるのじゃ……

国家が民心を統合し、国の政《まつりごと》に民を服従せしめ、西洋の国々においてみられるごとく、国のために進んで己《おの》が命を捧《ささ》げうるようになってこそ、はじめて、日本国は、西洋列強に対峙《たいじ》しうる、東洋の一大強国となることができるのじゃ。

**村上**　その通りです。平田篤胤殿が、「万国《ばんこく》の長《おさ》」たるべき〈神国《しんこく》日本〉の起源をなす

『古事記《こじき》』の神々への信仰を強調されたのも、国民が一枚岩《いちまいいわ》となって、美しき国体《こくたい》のために、身《み》を挺《てい》することのできる時代を夢みたからだとおもいます。

**狭間**　…さよう……。じゃが、残念ながら、平田殿や平田派国学を奉ずる者どもには、民間の妖魔・神霊を奉ずる淫祠邪教の輩に通ずる、蒙昧なる〈闇〉の匂いがつきまとっておる……わしは、それらが、虫酸《むしず》が走るほどに、薄気味悪く、嫌いでの。

**黒川**　…河井月之介の水明塾には、さような無知蒙昧なる匂いはござらぬが……

**狭間**　だからこそ、かえって危険に思えるのだ。

〈火〉を、己《おの》が〈水〉の内奥に取り込もうとする、あの男の精神に、わしは、不吉なる〈闇〉の匂いを感ぜずにはおられないのだ……

奴が、水戸斉昭侯や長州の村田清風殿のように、新しき国づくりに向けて、民《たみ》の信仰を〈再編成〉するような思想の持ち主ならよいのじゃが、とても、そんなふうに考える男とはおもえん。

奴のめざしておる〈未来〉のこの国のかたちは、明らかに、西洋列強に対峙《たいじ》しうる東洋の〈強国〉をつくるという、われらの悲願とは〈逆〉の姿だと、わしには、感ぜられてならぬ……

**村上**　…その通りだとおもいます。

黒川　……ふむ……。それで、狭間さんは、十月二十三日の〈酒宴《しゅえん》〉を提案されたのですな？　河井月之介の心底《しんてい》を、この際、しっかりと見きわめたいと……

狭間　…さよう…。わが志斉塾と水明塾の、より一層の交流を深めたいとの意図《いと》もある。で、…河井殿は、出席してくれるのじゃな？

黒川　…それが、河井殿は、酒宴の席はひらにご容赦《ようしゃ》ねがいたい…酒まじりの世間話にかこつけた〈談合《だんごう》〉は苦手での、と、けんもほろろでござった……（笑）。

狭間　せっかく、わしが直々《じきじき》にお招きしたのに、どうしても出られぬと申されたか？

黒川　…さよう…。で、…河井殿は、何を思ったのか、わしの代わりに、ぜひとも、塾生の刈谷新八郎と青山誠之進《せいのしん》をと申され、……結局、水明塾側の代表としては、物足りませぬが、ひよっこの刈谷新八郎と青山誠之進、それに、われわれ志斉塾の黒川・村上の両名と、狭間殿の計五名の酒宴と相《あい》なりました……河井殿抜きでは、拍子《ひょうし》抜《ぬ》けされますか？

狭間　…いや、なんの、なんの、…一向にかまわぬ…。喜んで出席させていただこう。
水明塾のその二名のうち、刈谷新八郎なる塾生には、一度、河井殿の書斎にて、会《お》うたことがある……たしか、旗本の小倅《こせがれ》であったの？

黒川　…は……二百五十石の旗本の次男坊で、「部屋住《へやず》み」でござる。兄は、勘定所《かんじょうしょ》に勤めており、現在、「勘定組頭《くみがしら》」の一人であるとか。

狭間　…ほう…。いや、その刈谷なる若者は、以前、わしが河井殿を訪ね、彼の書斎にて談じておった時、「質問があるのですが、宜《よろ》しいですか？」とやって来て、「同席させてもかまわぬでしょうか？」と河井殿がお尋ねになるので、ご随意《ずいい》にと申し上げると、部屋に入ってきて、わしの横に座ったのじゃ。

一目見るなり、その眼光《がんこう》の鋭さにはっとなったが、話しているうちに、すぐに、人なつこい、子供のような貌《かお》になり、どこか、あらぬ方《かた》を想って、呆《ほう》けたような目つきになってしもうた……（笑）。

村上　…わかります……。私も、あの若者には、妙に心ひかれるものがあり、この半年の間、色々と話をしてきました。心棒のあるような、無いような、変な男です……

黒川　…そうじゃの（笑）。俺も、妙に、あいつには、ひっかかるものがあった。おぬしのように、「心ひかれる」ということはなかったがの……

狭間　…うむ…。わしと河井殿の話が中途じゃったが、一段落したところで、河井殿が刈谷の質問に受け答えをされた。わしが、「お邪魔ならば、これにて退散いたしまするが」と言うと、河井氏《うじ》は、「なんの、なんの、お気にめさるな……。お耳障《ざわ》りかもしれぬが、しばし、この学生の質問に答えて宜《よろ》しいですか？」とおっしゃられるので、わしも恐縮して、その場で、しばし、河井氏《うじ》の受け答えに耳を傾けておった。

この御仁《ごじん》の思想とお人柄を垣間《かいま》見る、またとない機会と思うたのだ。

河井氏《うじ》は、わしの存在を別段意識しておられるふうでもなく、刈谷の質問に、控《ひか》えめに、淡々と小声で、応《こた》えられておった……いたって物静かな、しかし真剣なまなざしで、どこか烈しさを秘めた言葉づかいで語られていた……

一向に、衒《てら》う風《ふう》もなく、ことさらに何かを隠す風でもなかった。

刈谷も、時に、わしの存在に緊張させられた目つきをしてはいたが、おおむね、平常心だったと思う。

質問する時の刈谷は、また、はじめに見た時の、あの鋭い眼光に戻っていた……

あの若者は面白い……。なにか、今どきの若い世代の深い処《ところ》にある、とらえどころのない何かを垣間《かいま》見るような思いがする……志斉塾の若い世代のある種の者たちにも、どこか通じているような匂いでもある。

あの若者と話してみると、今まで知り得なかった、水明塾や河井月之介の何かが見つかるやもしれん……。喜んで出席させていただく。

場所は、いずこだったかの？

**黒川**　上野広小路《うえのひろこうじ》の河内楼《かわちろう》です。酒宴の日どりは、三日後の十月二十三日、刻限は、戌《いぬ》の上《じょう》刻《こく》……

狭間　……うむ、相《あい》わかった……

ここで、狭間主膳自ら酒瓶をとり、空《から》になった三人の盃《さかずき》にゆっくり酒を注いでから、おもむろに酒を飲み、しばし息をつく。

黒川　……ところで、狭間さん、……失礼ながら、先ほどから、なかなか肝心《かんじん》の本題に戻れぬので、いらいらさせられっぱなしなのですが……

村上　…さよう…。本日は、帰る前にどうしても、われら同志たちのこたびの決起に関する提案について、狭間さんの〈決心〉のほどを、しかとおうかがいしておかねばなりません。

狭間　……うむ、わかっておる……。おぬしたち社中の同志たちが決めた、大事決行の大よその日どりと手はず、そして、事成就《ことじょうじゅ》の暁《あかつき》における、幕政改革のための段取りと人材の配置に関する、〈見取り図〉についてじゃったの……

黒川　…さよう。天保八年の結成以来、この七年間にわたる、われら革世天道社のあらゆる努力の結実が、この革命計画の段取りなのです。
　あらゆる知見を集め、何度も社中内での討議を重ね、皆の望みと意見とが集約されて、ふるいにかけられた結果、出来上がったのが、この見取り図です……狭間さんも、ご承知のはずではありませぬか……

**狭間**　…うむ、ようわかっておる……。だが、わしは、慎重の上にも慎重を期し、遺漏《いろう》なきよう、やり残したこと、検討し残したことがないかを、ここしばらく点検しておったのだ。先ほども申したように、今の幕閣《ばっかく》や幕閣候補者の利害は、必ずしも一致しておらぬし、決して一枚岩《いちまいいわ》ではないのじゃからの。

**黒川**　…いかにも…

**狭間**　特に、「勘定所《かんじょうしょ》」は、われらの革命遂行《すいこう》のための要《かなめ》となる役所じゃ。

ここの人事を、きちんとわれらの息のかかった人脈で押さえられるかどうかは、今のご老中間《ろうじゅうかん》の微妙な力関係と、江戸南町奉行・鳥居甲斐守《とりいかいのかみ》殿の人脈の力が、どのように働いておるかを、冷静かつ的確に見きわめられるかどうかに、かかっておる。

なにせ、勘定所は、幕府の財政と、関八州《かんはっしゅう》を中心に天領《てんりょう》及び旗本《はたもと》知行所《ちぎょうしょ》の司法・行政を一手に預《あず》かるという、大変な権力を有する役所じゃ。

いわば、今の幕府の〈生命線〉を握るほどの、重大なる位置づけをもっておる。

**黒川**　…いかにも…。だからこそ、狭間さんは、久しい時をかけて、ご老中方《がた》とわたりをつけ、鳥居甲斐守殿とも親しく接しられ、彼らの人脈の内部にも、したたかに入り込み、啓蒙《けいもう》と根回しを続けてこられたではありませんか……

**狭間**　その通りじゃ。しかし、たしかに前《さき》の老中首座《しゅざ》・水野越前守《みずのえちぜんのかみ》殿はその失政の数々によって権力の座を追われ、代わって、優れた開明的精神の持ち主である阿部伊勢守《あべいせのかみ》殿が老中になられたものの、その一方では、相《あい》も変わらず、保守派の大立者《おおだてもの》の老中・土井大炊頭《どいおおいのかみ》殿が隠然《いんぜん》たる発言権をもたれて、阿部殿の開明的な政策に難色《なんしょく》を示されておられる上に、わしらが長い時をかけて、深くその人脈の内部に食い込んできた鳥居甲斐守殿は、皮肉にも、阿部殿にはひどく毛嫌いされている始末《しまつ》じゃ。

その為め、今や鳥居殿は、その去就《きょしゅう》のゆくえも密《ひそ》かに噂《うわさ》されておるほどに、微妙な立場に立たれておられるのだ。

**黒川**　……すると、つい三日前の十月十七日における、鳥居殿の突然の「勘定奉行辞職」というのは、……

**狭間**　…うむ…実は、阿部伊勢守殿の画策による〈罷免《ひめん》〉の措置《そち》なのじゃ。

**黒川**　…なんと……。それは存じませんでした、うかつでござった……

それがしは、てっきり、江戸南町奉行という要職にあって多忙な鳥居殿が、重責の勘定奉行のお一人を〈兼任《けんにん》〉なされておるのは、さすがに、ご本人にとっても、無理がたたったのであろうと、勝手に決めつけておりました。

なにせ、鳥居殿は、久しき年月《としつき》にわたって、あまりにも強大な人脈をお持ちでござったし、まさか、そのような確執《かくしつ》があったとは、いや、本当にうかつでござった……

狭間　…いや、無理もない……。鳥居殿といえば、前《さき》のご老中・水野越前守殿の懐刀《ふところがたな》といわれ、妖怪・マムシと怖れられた、やり手の御仁《ごじん》。保守派・革新派を問わず、鳥居殿の人脈にあからさまに敵対する者は、おらなかったからの……

黒川　…いかにも…

狭間　しかし、隠れた〈敵〉は多い御仁じゃった。
なにせ、蛮社《ばんしゃ》の獄《ごく》をはじめとして、少しでも幕府のご政道に異をとなえる者があると、蛇のような狡猾《こうかつ》さで証拠をでっち上げ、難クセをつけ、罪に陥《おとしい》れた上に、天保の改革の折は、水野老中の手先となって、理不尽きわまる厳格な倹約令《けんやくれい》と風俗の粛正《しゅくせい》によって、さんざん江戸市中の者どもを痛めつけたあげく、今度は、引き立ててもらった水野殿が不利とみるや、平然と裏切り、あまつさえ、町奉行所のみならず勘定所までも己《おの》が意のままに牛耳《ぎゅうじ》ってこられたのじゃからの……

黒川　…たしかに、さようでござるな……

狭間　わしが鳥居殿に深く信頼され、その人脈に食い込めたのは、ひとえに、わが師・佐藤一斎先生のおかげじゃ。

なにせ、鳥居甲斐守殿は、今は亡《な》き大学頭《だいがくのかみ》・林述斎《はやしじゅっさい》殿のご子息であられる。林述斎先生は、おぬしらも知っての通り「美濃《みの》・岩村藩《いわむら》」の藩主のご子息で、佐藤一斎先生は、同じ岩村藩の家老のご子息じゃからの。お二人は、同じ岩村藩出身で、ご兄弟のように仲が良く、しかも、佐藤先生は、長らく林家《はやしけ》の塾長を務められた。鳥居殿も、佐藤一斎先生のことは、父親のように慕い、深く信頼されておられる。おかげで、わしも鳥居殿の信を得ることができたが、この期《ご》に及んで、鳥居派の人脈を失うのは、困る。

**黒川**　われらの革命計画書は、鳥居殿の人脈を当てにした部分が、かなりござる。では、その部分だけでも、すでに、この計画書には、大幅な修正が必要とされるわけですな？

**狭間**　……いや、さように思いつめる必要はない。
久しき年月にわたって権力を握られ、強力な人脈を植えつけてこられた鳥居殿の力は、まだまだ侮《あなど》れぬものがある。少なくとも、町奉行所と目付方《めつけかた》には、まだまだ、彼の人脈は根強い。問題は、あくまでも、老中間の力関係と、勘定所の人事じゃ……

**黒川**　ここをしっかりと、われらの思惑通り押さえられたなら、まず当面は、問題なかろう。
幕閣の掌握と並んで当面の重大事である、関東を中心とする東国の、親藩《しんぱん》・譜代《ふだい》大名への根回しは、いかがでござるか？　そちらの方《ほう》は、大事ござらんか？

**狭間**　そちらの方は、今のところ大事ない。なんといっても、われらのもくろむ、これからの改革にとって、大黒柱とも仰《あお》ぐべき阿部伊勢守殿と親密な関係にある、例の水戸《みと》の徳川斉昭侯《なりあきこう》が、われらの味方になってくれているのが大きい。

阿部殿は、わが国の置かれている内憂外患《ないゆうがいかん》の実情について優《すぐ》れた見識をもつ、聡明《そうめい》なるご老中じゃ。東国のみならず、西国の大名家にも、阿部殿の支持者は多い。

西国雄藩《ゆうはん》の筆頭ともいうべき薩摩藩の藩主・島津斉興《なりおき》侯のご嫡子《ちゃくし》・斉彬《なりあきら》殿とも親しい。島津斉彬殿は、洋学に明るく、西洋列強の侵略をめぐる世界の情勢にも通じた、開明派の逸材《いつざい》じゃ……近い将来、薩摩の命運を担《にな》う、われらの革命にとっても、頼もしいお味方じゃ。

**黒川**　……すると、当面の最大の問題は、勘定所ということになりますな……鳥居殿が撤退した以上、ここを意のままに動かすには、どうすればよいか？

**狭間**　…なに、大事ない…。ここひと月ほどの間に色々なことがあったし、私もご老中間《かん》を駆《か》け回って、秘密裡《ひみつり》に調整を試みて参ったのじゃが、実は、鳥居殿の後釜《あとがま》として、すでに、元・目付《めつけ》の榊原主計頭《さかきばらかずえのかみ》殿の「勘定奉行職就任」が、すぐる「十月十日」に実現しておる。榊原殿は、鳥居派の流れを汲んでおるが、鳥居殿ほど人々の反感を買ってはいない。

他の勘定奉行たちの内、阿部伊勢守殿と親しい、改革派の一人・石河土佐守《いしかわとさのかみ》殿は、われらの政策に理解をもっておられる。

榊原殿を通して、われらは鳥居派の人脈を活かせるし、石河殿を通して阿部派の人脈を活かすことができる。

一種の〈混合体制〉とも言えるが、われらの当面の方針にとっては有利に働くはずじゃ。

**黒川**　……なるほど……

**狭間**　今の勢いでは、阿部伊勢守殿を筆頭とする〈改革派〉の体制が強まり、堅持《けんじ》されることは必定《ひつじょう》とみてよかろう……

阿部殿と、繰り返し、話し合いを続けてきた私としては、十分にご理解を頂いておる。

われらのもくろみにとって、根本的な〈支障《ししょう》〉は、今のところはないとみてよい……

ただし、当面の政情《せいじょう》の移り変わりには、いまだ予断を許さぬ、不確定な要素がある、ということを、われらは、踏まえておかなければならぬ。

おぬしたちの提案した〈革命計画〉に反対しておるわけではないが、〈決起《けっき》〉の大よその日どりまで決めておくのは、時期尚早《しょうそう》だということじゃ。

**黒川**　……なるほど……いや、よくわかりもうした……決起は、しばらく見合わせる方がよさそうですな……

計画の細部についても、練《ね》り直しが必要となるでしょうな？

**狭間** …うむ、そうなるであろう。だが、今のところ、さほど案《あん》ずるには及ばぬ。
おぬしたちの提案した計画の根本に、狂いが生じているわけではない。

**黒川** いや、それを聞いて、ひと安心でござる。
あとは、われらの〈決起〉の要《かなめ》となる、小幡藤九郎作成による、例の「見聞録《けんぶんろく》」の件でござるが……

**狭間** ……そうじゃの……
それが、本日のこの会合の議題の中での、いちばんの気がかりじゃ。

**黒川** ……さよう……

**狭間** ……元々、この問題は、今から四年前の「天保十年」に起こった「蛮社の獄」で、師の高野長英《たかのちょうえい》を捕縛・投獄された小幡藤九郎が、すっかり途方《とほう》に暮れて、当時、蛮学社中の者どもとも交際のあった、この狭間主膳に、泣きついてきたことに端《たん》を発しておる。

**黒川** ……そうですな、あの事件がきっかけで、小幡藤九郎は、わが革世天道社の同志となった……
実際、社中に加わった頃の、初期の小幡の働きは、実にめざましいものがござった。
幕政の現状に対する、奴の憎しみと怒りの〈火〉は、凄かった……

ここにいる村上喬平と並んで、同志たちへの感化力には目を瞠《みは》るものがあり、われらは、小幡を頼りにもし、彼の独特の、地に足の着いた幕政改革の具体策に力づけられ、関東農村の実地調査の責任を彼に任《まか》せたのでござる。

**村上** …そうでした、私は、あの頃の小幡君が好きでした……改革への不動の〈志〉をもち、情熱と夢に溢《あふ》れていた……

**狭間** …そうじゃったの……私も、小幡の、地に足の着いた運動への関わり方と不屈の精神をみて、なんとも頼もしい同志だと喜び、期待しておったのだが……

**黒川** ……変わり果てたものでござる……

**狭間** 小幡藤九郎の立てた〈革命〉への戦略は、思い切ったものであった。まず、小幡は、彼の生まれ育った上州をはじめ、武蔵《むさし》・常陸《ひたち》・下総《しもうさ》など関東諸国の天領・旗本領・各藩における百姓どもの生活実態を、正確に把握するよう主張した。数年にわたって、順次、関東各地の農村を廻り、穀物・作物の種類、出来高《できだか》から、田畑《でんばた》の荒れ具合、用水の実態、民百姓の暮らしぶりや出稼《でかせ》ぎの実状に至るまで、おおよそではあるが、さまざまな角度から実地に調査し、記録した上で、己《おの》れの所見をも加え、その認識を〈革命〉戦略の土台とするものだった……

**黒川** その通りです。実に地に足の着いた、恐るべき戦略でござった……

狭間　…うむ……

悪政と飢饉によって追いつめられた民百姓の内に〈鬱積《うっせき》〉された、やり場のない怒りに対して、いかなる〈はけ口〉を与え、いかなる方向に導いてやるべきか……小幡は、その〈勘《かん》どころ〉をよく押さえていた……

彼の提唱する〈煽動《せんどう》〉と民心への〈誘導〉の戦略は、大筋においては説得力のあるもので、われら社中の同志たちを勇気づけた。

ただし、その戦略を具体的に実行に移すには、関東農村への彼の「実地見聞録《じっちけんぶんろく》」が必要だった。

それさえあれば、数ヶ国に及ぶ大規模な一揆《いっき》・打ちこわしを、一斉《いっせい》に〈誘発〉することも可能であるし、それを機に、幕政に大きな揺《ゆ》さぶりをかけ、一気に〈革命〉を成就《じょうじゅ》させることもできる……

村上　…そうです…。今でも、あの計画を思いついた時の小幡君の興奮した顔を思い出すと、胸が高鳴ります……あの時の彼は、ただ一途《いちず》に、〈世直し〉の理想に向かって献身《けんしん》していた……

今の小幡など、あの時の彼と同一人物とは思えません……全くの別人だ。

黒川　……さよう……俺もそう思う。今の奴は、もう、俺たちの知っている、あの小幡藤九郎ではない。

**狭間**　…しかし、小幡の、数年に及ぶ地道な努力によって完成された「関東農村の実地見聞録」は、われらの革命成就のためには、なんとしても手に入れる必要がある、というわけじゃな。

**黒川**　さようでござる。しかし、奴は、それを完成した後《のち》も、己《おの》が手に独占したまま、われらには渡そうとはせなんだ。

われらも、小幡の動きがおかしいと気づいてからは、奴の手から秘密裡《ひみつり》に「見聞録」を奪い取ろうと試みたのですが、一体どこに隠しておるのか、とんと在処《ありか》がわからぬのでござる……

小幡自身が現在、所持しておらぬのは、たしかでござる……奴の家の床下まで捜しても、見つかりませせぬゆえ。

**狭間**　小幡藤九郎は、天保七年の大飢饉の折、役人どもの非道《ひどう》な措置《そち》と村人どもの浅ましい性根《しょうね》のために、飢えと疫病の中で、父母弟妹《きょうだい》をすべて亡《な》くしてしもうた……

天涯孤独の身となった。

幸い、高野長英殿に拾《ひろ》われ、小者《こもの》から侍に取り立てられて、蛮学社中に加わり、蘭学者たちと交流を深めた。わしが小幡と知り合《お》うたのも、「蛮社」の知識人たちと付き合《お》うていた頃じゃった。
天涯孤独の身である小幡藤九郎にとって、現在、伝馬町《でんまちょう》で囚人となっておる、師の高野長英を別格とすれば、親しい間柄《あいだがら》にある者は、元・蛮学社中の友人か、彼が志斉塾に通っておった頃の学友、あるいは、革世天道社の同志たち、そして現在、彼が通っている水明塾の仲間の、いずれかの内にしかいないはずじゃ。

**黒川** ……いかにも……。その中でも、小幡が、「見聞録」を安心して託せるほどに、親しく付き合い、信頼している人物は、ごくわずかしかおりません。

**狭間** ……そうじゃろうの……

**黒川** 私と村上をはじめ、同志たちの中心となる者どもが手分けして、ここ一年近くの間に、小幡の交友関係に慎重に探りを入れ、目星《めぼし》をつけた、奴の知人たちの家に、密《ひそ》かに留守時《るすどき》を狙《ねら》って忍び込み、徹底的に〈家捜《やさが》し〉をしてまいりました。

**狭間** ……うむ……家人《かじん》にはバレずに、捜したのであろうの？

**黒川** ……はい……。一軒ずつシラミつぶしに、徹底的に家捜しをしましたが、その痕跡《こんせき》を残さぬように、調べ切った後《あと》、慎重に〈物の配置〉を元通りにしておきましたゆえ、まず問題はあるまいと思います。
用心に用心を重ね、家人が全員留守の時を見計《みはか》らって、忍び込みました。隣《となり》近所にも、見られてはおりませぬ……ただ……

**狭間**　……ただ、何じゃ？　……何か、手落ちがあったか？

**黒川**　……は……。小幡の交友関係の内、「見聞録」を所持いたしておる可能性をもった友人たちは、すべて調べ切ったのですが、どうしても見つからぬゆえ、最後に、先ほども話に出た、水明塾の塾生・刈谷新八郎の実家にも、忍び込むことにしました。

**狭間**　刈谷は、小幡藤九郎と親しい間柄《あいだがら》なのか？

**村上**　いえ、それがしや黒川さんの見るところでは、さほど親しげにもみえませんでしたが、刈谷新八郎も、小幡も、時折、水明塾での講義終了後に、河井殿の書斎まで質問に行っておりました。

**狭間**　……ほう……さようか。

**村上**　二人とも、河井月之介への傾倒ぶりはかなりのものであるように見受けられますし、私や黒川さんが刈谷と話をしていた時には、小幡の話題はほとんど出なかったのですが、もしかすると、われらの知らぬところで、二人は肝胆相照《かんたんあいて》らし、親しく付き合っているのやもしれぬ……と、そう思いまして、……

**狭間**　念には念を入れて、旗本の刈谷家にも忍び込んだというわけか。家人《かじん》が出払っているとなると、昼日中《ひるひなか》でのことじゃな？

黒川　さようでござる…。しかし、予想外の事態が起こり、とんだしくじりをしてしまったのです。

狭間　家人に見つかりでもしたのか？

黒川　いえ、家人に顔を見られてはおらぬのですが、家捜《やさが》しをしている最中《さなか》に、出ているはずの刈谷家の「中間《ちゅうげん》」が、忘れ物でもあったのか、突然舞い戻ってきたのです……われらの気配に気づき、近所に大声で呼ばわったので、われらは大慌《おおあわ》てで、とっさに、骨董《こっとう》の品々を奪い、物盗《ものと》りにみせかけて、逃げ去ったのでござる。

狭間　それは、運の悪いことであったの。で、…捜すだけは、きちんと捜したのじゃな？

黒川　…は…。しかし、刈谷の所にも、「見聞録」はなく、一体どこにあるのかと、皆で悩み抜きました。

狭間　じゃが、われらの〈決起〉のおおよその日どりまで決めてかかって〈提案〉してきた以上、おぬしたちにも、「見聞録」を取り戻す算段《さんだん》はあるのであろうが？

黒川　……は……実は、小幡には、吉原《よしわら》に、馴染《なじ》みの遊女がおるのでござる。同志の山本数馬《かずま》が吉原の客となって、さりげなく調べ上げてみたところ、なんでもその遊女は、小幡と同郷の「上州・水上村《みなかみ》」の百姓の娘で、藤九郎とは〈幼《おさな》なじみ〉だそうでござる……

**狭間**　……ほう……さようか……奴も、隅に置けんの……（笑）。なるほど、〈幼なじみ〉の、おまけに、肌を許し合った懇《ねんご》ろな間柄《あいだがら》とあれば、奴にとっては、最も安心の置ける、かっこうの〈隠し場所〉じゃの……

**黒川**　……いかにも……。しかし、いくらわれらでも、あの、掟《おきて》の厳しい吉原の遊廓内《ゆうかくない》にまで潜入して、「見聞録」を奪い取るわけにもまいりません。奴が、外に持ち出す機会を狙《ねら》うしかない。

**狭間**　…うむ、なかなかにむつかしいの……しかし、小幡藤九郎は、三月《みつき》前に革世天道社を抜けると申し出てまいった折、同志を抜ける交換条件として、「見聞録」をわれらの手に渡すと断言したのであろう？

**村上**　そうです。小幡は、「見聞録」をわれらに手渡す際に、同時にその場で、われら同志の盟約の証《あか》しとなる「社中人名録《しゃちゅうじんめいろく》」に記された己れの〈姓名〉と〈血判《けっぱん》〉を、削除するよう、要求しておるのです。

**黒川**　奴は、同志を抜ける以上、いつ己《おの》が命を狙われるやもしれぬ、との危惧《きぐ》を抱《いだ》き、常に、周到《しゅうとう》に、油断なく身を守っておる。常時《じょうじ》、己《おの》れが「張られている」と考え、「見聞録」を間際《まぎわ》まで、決して見つからぬ場所に隠し、〈取り引き〉の当日まで、そのまま保持するつもりに相違ござるまい。

**狭間**　……うむ……奴としては、「見聞録」は、己《おの》が身を守る〈切り札〉じゃからの。で、…〈取り引き〉の日時《にちじ》は、もう決まったのか？

**黒川**　…いえ、いまだ決まってはおりません。小幡とわれらの双方の都合《つごう》を調整した上で、近々《ちかぢか》決定することになっておるのですが、いかなる事情のゆえか、奴もまだ、己れにとって都合の良い日時を決定しかねておるようです。

**狭間**　…うむ……奴も、必死に、己《おの》が身を守る算段をしておるのやもしれんの……

**黒川**　…おそらく、そんなところでござろう……

だが、小幡が社中を抜ける以上は、たとえ奴から「見聞録」を入手しても、奴には消えてもらわねばなりません……わが社中の内情を知りすぎている小幡に、万が一にでも、われらの計画を口外《こうがい》されては、元も子もない。

気の毒だが、なんとしても、口は封じておかねばならぬ……

**村上**　……大事の前の小事……断腸《だんちょう》のおもいではござるが、やむなきことと心得まする…

**狭間**　……かわいそうじゃが、この際、やむを得ぬであろうの……

しかし、聡明《そうめい》なる小幡のこと……われらとの〈取り引き〉の日には、白昼《はくちゅう》の、それも、人だかりの多い場所を選んでくるであろう……暗殺の危険のないように、十分に気を配りながらの。

**黒川**　……さよう、それに相違ござるまい……

だからこそ、われらは、なんとしても、その〈取り引き〉よりも以前に、小幡の手から「見聞録」を奪い取り、奴の口を封じておかねばならんのです。

**狭間**　……いかがするつもりじゃ？

**黒川**　奴が、例の吉原の情婦《いろ》の元から帰る途中を狙うつもりでござる……

**狭間**　たしかに吉原の周《まわ》りは、田畑が広がり、〈闇〉が深いが、同時に、吉原界隈《かいわい》から浅草《あさくさ》の町中《まちなか》にかけては、夜でも、往来《おうらい》が激しい……盛《さか》り場《ば》じゃからの。

用心深い小幡のことじゃ、万が一に備えて、できる限り、人通りの多い道を選びながら帰宅するつもりであろう。

**黒川**　……さよう……。奴の住まいは、「両国浜町《りょうごくはまちょう》」にござる……途中までは、密《ひそ》かに、奴の背後から、気づかれぬように付け、両国広小路《ひろこうじ》を抜けて、浜町にさしかかった辺《あた》りの〈夜陰《やいん》〉にて、襲撃するのがよかろうと存ずる……

**狭間**　……襲撃はよいが、「見聞録」はいかがいたす？

**黒川**　……いや、その場にて、ただちに奴の命を奪うつもりはござらん。

まず奴を生《い》け捕《ど》りにした上で、奴の情婦《いろ》である吉原の遊女宛《あて》に一筆したためさせまする。

そなたに預けてある「見聞録」を、使いの者に手渡せ、という内容の文面にて……

**狭間**　……なるほど……したが、はたして、小幡は、そんな脅《おど》しに乗って、言われるままに書くかの？

小幡が殺害されたとなれば、あるいは消息不明になってしまったとなれば、奴の情婦《いろ》も、黙ってはおるまい……預かっていた「見聞録」を提出して、「おおそれながら」と、お上《かみ》に訴え出るであろう……。小幡が、おぬしたちのその弱みを見抜いて、「書かぬ」と強気に出たら、いかがいたす？

**黒川**　「書かせる」のでござる……

もし書かなければ、吉原に潜入して、奴の情婦《いろ》の命も奪い去るまでのこと、と気迫をもって詰《つ》め寄れば、奴は必ず折れる……そういう男です、小幡は……

可愛《かわい》い幼なじみの女を、見殺しにしたり、危険きわまる状況に追い込むようなことは、できぬ奴です。

〈大義《たいぎ》〉のために、敢えて〈小事《しょうじ》〉を犠牲にするという、雄々しい〈非情《ひじょう》さ〉は、奴には無い……

だからこそ、奴は、わが社中から脱落し、河井月之介のごとき、女々しき精神に屈してしまったのです。

狭間　……うむ……。そうかもしれんの……なるほど……おぬしたちのやり方と存念《ぞんねん》はよくわかった……
おぬしたちのことだ、よもや、隙《すき》もあるまい……わしも同意する。

黒川　かたじけのうござる……
これで、ほぼ完全に、大事決行までの段取りは整いもうした。
本日は、極上の南蛮仕込《なんばんじこ》みの果実酒をお振る舞い頂き、したたか酩酊《めいてい》つかまつった。
おかげで、談論風発《だんろんふうはつ》となり、うかうかと時を費《つい》やしてしまい、お疲れでござった……

狭間　……おぬしたちもの……。いや、ご苦労じゃった……
三日後にまた、酒宴に付き合《お》うてもらうことになるが、よいのか？

黒川　…むろんでござる…。では、われらはこれにて、…後日《ごじつ》また……

（黒川、村上両名退出）

ひとり、部屋に残った狭間。

狭間　……ついに、「時、到れり」というわけか……
……ふむ……やむをえまい……。黒川、村上、小幡……長い間、ご苦労じゃった。

おぬしたちの果たした役割は、決して無にはせん……
だが、おぬしたちの〈仕事〉は終わったのだ……天命に安んじて、逝《ゆ》くがよい……

# 第八幕　密談

## (10) 第一場　天保十四年（一八四三）・真冬〔陰暦・十一月〕

夜。柳橋《やなぎばし》の料亭の一室。行燈《あんどん》の灯《あか》りに照らされた部屋。

酒を飲みながら交わされる犬飼源次郎《いぬかいげんじろう》と津田兵馬《つだひょうま》の談話。
暖《だん》をとるための火鉢《ひばち》が、傍に置かれている。

**津田**　源次郎、こたびは、晴れて「勘定組頭《かんじょうくみがしら》」の一人に抜擢《ばってき》されたそうじゃの……
いや、めでたいことだ。勘定所勤めとなってからまだ三年足らずの若輩者《じゃくはいもの》のおぬしが、
あまた居《お》る勘定衆《かんじょうしゅう》の中から、古株《ふるかぶ》の先輩たちを出し抜いて、一気に「組頭」とはの……
よほどの〈ひいき筋〉でもあったか、さもなくば、異例の〈大手柄《おおてがら》〉を立てたか、……
俺も、腰を抜かしたわ……ま、いずれにしても、めでたいことだ。

**犬飼**　…うむ、驚かせて済まん……（笑）。……実はの、二日前の「十一月十日」に、突如、

「勘定所」の人事の〈総入れ替え〉が発表されたのじゃ……

それまでのお役から別のお役へと配置換えになった者、新規採用になった者、さらには、突然〈罷免《ひめん》〉を言い渡された者など……それこそ、近年稀《まれ》に見る、といってもよいほどの、大規模な人事異動《じんじいどう》と人員整理が断行された。

俺のように昇進した者や、新たにその才能を買われて、新規採用になった者はよいが、左遷《させん》ないし罷免された者もおびただしい……いや、もう、勘定所内は、蜂の巣をつついたような大騒ぎじゃ……（笑）。

**津田**　…一体、いかなる事情があったのだ？　……源次郎、貴公《きこう》は、何をやらかしたのだ？

**犬飼**　まあ、そう急《せ》き立てるな、……順を追って話そう。

ひと月ほど前の「十月十日」に、新たに勘定奉行のお一人として、元「目付《めつけ》」であった榊原主計頭《さかきばらかずえのかみ》殿が就任されたことは、おぬしも知っておろう？

**津田**　…うむ……

**犬飼**　その榊原殿の代わりに、それまで「勘定奉行格《かく》」であった佐々木近江守《おうみのかみ》殿が罷免され、小普請《こぶしん》奉行に左遷された。

佐々木殿は元「普請《ふしん》奉行」で、幕府の土木工事にまつわる、一切の利権がらみの不正を許さぬ、厳正で実直な人物ということで、前《さき》のご老中・水野越前守殿の信任を得て、勘定奉行格となられたお人じゃ。

**津田**　…うむ……

**犬飼**　融通のきかぬ、小《こ》うるさい御仁《ごじん》で、われら勘定衆に対しても、いちいち監視の眼を光らせるので、「勘定所御用達《ごようたし》」の商人《あきんど》どもとのやりとりをはじめ、さまざまな実務上の〈根回し〉において、まことにやりにくいことが多く、有能な者たちにとっては、目の上のコブじゃった。

その佐々木近江守が左遷されたおかげで、わしも、これからは、随分《ずいぶん》と仕事がやり易《やす》うなるわ……

**津田**　たしか、刈谷新八郎の兄の伝七郎《でんしちろう》は、佐々木近江守殿の信任が厚かったの？おぬしほどの異例の出世ではないが、伝七郎も、勘定所に勤めてから、わずか数年で、多くの先輩たちを追い抜いて、「勘定組頭」に大抜擢《だいばってき》されたという話だったが。

**犬飼**　…うむ……刈谷伝七郎は、クソまじめだけが取り柄《とえ》の、凡庸《ぼんよう》な男だが、愛想《あいそ》が良くて、マメな性格が幸いしたのか、上役《うわやく》どもにも、お奉行にも、可愛《かわい》がられておったわ。

**津田**　伝七郎と中野殿の娘御《むすめご》は、祝言《しゅうげん》の約束までとりつけておったとのことだが……佐々木近江守と勘定吟味方改役《ぎんみかたあらためやく》の中野十太夫《じゅうだゆう》からは、特にひいきにされておった。

**犬飼**　…しかも、仲人《なこうど》は、佐々木近江守殿ときておる……（笑）。気の毒にの（笑）。

**津田**　伝七郎は、いかが相《あい》なった？

**犬飼**　こたびの「十一月十日」の人事で、「勘定組頭」を罷免され、平《ひら》の勘定衆に逆戻りじゃ（笑）。

伝七郎をひいきにしていた中野十太夫も、「勘定吟味方改役」を罷免された。

刈谷家の者どもは、すぐる「十月十日」に発表された佐々木殿の突然の左遷に、さぞやうろたえておったであろうに、…それに追い打ちをかけるように、今度は、〈一家の期待〉を一身に背負ってきた長男までが、〈格下げ〉とはの……哀れな話じゃ（笑）。

…もっとも、伝七郎の器《うつわ》では、〈分相応《ぶんそうおう》〉といったところじゃがの（笑）。

**津田**　しかし、それはそれとして源次郎、おぬしは、本当に、一体どんな大それたことをやらかしたのだ？

親友であるこのわしに話したとて、何も問題はあるまい……ここ二月《ふたつき》ばかりの間、おぬしと共に、わしも、狭間主膳殿の意《い》に添《そ》うて、色々と危《あぶ》ない橋を渡ってきたたし、〈秘密〉を分かち合《お》うてきた間柄《あいだがら》ではないか……断じて、口外《こうがい》などせぬわ。

もったいぶっておらず、早く話さぬか……水臭《みずくさ》いぞ……

**犬飼**　……いや、済まぬ……実はの、わしはもう、かれこれ一年半以上にもなろうか、かなり以前から、ひとつの〈腹案《ふくあん》〉を練《ね》ってきたのだ……

きっかけは、すぐる二年前の「天保十二年」の十二月に、前《さき》のご老中・水野越前守殿によって出された、「株仲間《かぶなかま》の解散令《かいさんれい》」じゃ……おぬしも存《ぞん》じておろう。

**津田**　…うむ……江戸御府内《ごふない》にて需要の高い品々を上方《かみがた》及び関東から一手に仕入れて、買い占めることを認められていた、江戸の主《おも》だった問屋《とんや》衆、すなわち「株仲間」の権利が、全面的に〈破棄《はき》〉された、という改革だったの……

**犬飼**　…その通り。水野ご老中は、江戸の「諸色高《しょしきだか》」、すなわち、需要の高い品々の値が高騰《こうとう》し、幕府財政を著《いちじる》しく圧迫するのは、これら品々を諸国より一手に買い占めることをお上《かみ》より認められていた江戸と大坂の問屋衆、すなわち「株仲間」のせいだと考えた。関八州《かんはっしゅう》から直接仕入れる品々を除けば、江戸で需要の高い商品の多くは、江戸の問屋衆が、大坂の問屋衆から買い取ったものじゃからの。

**津田**　……つまり、大坂と江戸の問屋衆が、長年お上《かみ》より認められてきた、諸国よりの〈買い占め〉の権利を、全面的に〈破棄〉するならば、〈商《あきな》い〉は以前より活発になり、諸国から江戸に集まる商品の種類も量も一気に増える、と水野殿は予想されたのじゃな？

**犬飼**　……さよう……。だが、その水野老中の〈予想〉は、ものの見事に外《はず》れた。なぜなら、〈株仲間の買い占め〉が廃止された結果、諸国在郷《ざいごう》の商人《あきんど》たちは、わざわざ江戸・大坂に商品を売るのではなく、「より高く、より多く」売りさばくことのできる、独自の〈販路《はんろ》〉を、自《みずか》らの才覚によって見つけ、つくり上げようと努めるようになったからだ……

**津田**　……うむ……結局、江戸御府内《ごふない》への商品の集荷量は一向に増えず、「諸色高値《しょしきたかね》」も、相《あい》変わらず収《おさ》まらなかった、というわけじゃな。

**犬飼**　…そうだ……業《ごう》を煮《に》やした水野老中は、翌年の「天保十三年」の五月に、強権を発動して、商人《あきんど》どもに無理矢理「諸色《しょしき》の引き下げ」を命じ、さらに九月には、商品の流通を盛んにするために、諸大名に対して、「藩専売《せんばい》の禁止令」を出した。

しかし、財政の窮迫《きゅうはく》に苦しむ各藩にとって、己《おの》れの領国内の特産品を、藩御用達《ごようたし》の商人《あきんど》を通じて、一手に「専売」させることは、今や、なくてはならぬ〈命綱〉のような政策となっておる。

それを、強権を発動して幕府が一方的に〈禁止〉させることは、諸大名と幕府との関係をいたずらに悪化させるだけの〈愚策〉でしかない。

**津田**　……うむ……そりゃ、そうだ……

**犬飼**　で……俺は、この相次《あいつ》ぐ、水野ご老中の経済政策の〈失敗〉を視ながら、自分なりに考えてみた……

幕府財政の打開を考えるためには、たしかに、水野老中が考えたように、商品の流通を活発にするしか方法はない。しかし、その流通を、効果的に幕府の増収へと結びつけるには、今のわが国のように、諸藩と幕府が、それぞれ支配領域を異《こと》にする、個々ばらばらな権力のままで〈割拠《かっきょ》〉していたのでは、どうしても、きわめて限られた措置《そち》しか採《と》ることはできない……。幕府だけの勝手な都合で、諸藩に理不尽な統制を加えようとしたり、商人《あきんど》どもの利害を、権力によって強引にねじ伏せようとしてみたところで、結局は、反発を招くだけのことで、何も良い結果にはつながらぬ……二百年以上も昔ならともかく、今の幕府には、もう、そんな権力などはないのだ。

**津田**　…そりゃ、そうだ……水野老中のような居丈高《いたけだか》なやり口が破綻《はたん》するのは、当然だ。

水野老中の「天保の改革」の折《おり》には、江戸の私塾で学ぶ幕臣や諸藩出身者たちの間でも、その話題で持ち切りだったと聞く。俺の知人・友人たちの話によれば、幕府の権威を過大評価し、それに安易《あんい》に寄りかかる水野一派への批判は、ここ数年高まる一方だった、ということだ。

だが犬飼、おぬしの言うように、今のわが国の政《まつりごと》が、諸藩と幕府がばらばらに割拠する形をとっている以上、窮迫した財政は、どうにもならんものなのか？

**犬飼**　……いや、必ずしも、そうとは言えぬ……

もちろん、先ほども述べたように、今の幕府と諸藩の寄せ集まりから成る〈烏合《うごう》の衆〉

でしかない、この国の弱体な政《まつりごと》の形では、どうしても、限られたことしかできはせん。しかし、有効な手が全然ない、というわけではないのだ。

**津田** …何か、良い手だてがあったか？

**犬飼** …うむ……。水野老中の失敗を横目に視ながら、俺は、一方で、「勘定所」に身を置いていることを活《い》かして、「関八州《かんはっしゅう》」における商品の生産と流通についての〈実状〉を、詳《くわ》しくありのままに把握することに努めた。

おぬしも知っているように、「勘定所」には、幕府財政を扱う「勝手方《かってかた》」のほかに、「関八州」を中心とする天領《てんりょう》及び旗本《はたもと》知行所《ちぎょうしょ》の司法・行政を預《あず》かる「公事方《くじかた》」がある。

俺は、勝手方に勤める平《ひら》の勘定衆の一人にすぎないが、公事方には、今は関八州のあちこちの「代官所」に勤めておる、昔の旗本・御家人《ごけにん》仲間の友人・知人たちも、少なからずおる。

**津田** …うむ…そうじゃの…

**犬飼** その方面から、俺は、俺なりのやり方で、集められるだけの情報は集めてみた。

その結果、俺は、ひとつの有効な方策を編み出したのだ。

先にも述べたように、水野老中による「株仲間の解散令」が実《み》を結ばなかった最大の理由は、諸国在郷《ざいごう》の村々で成長をとげた商人《あきんど》ども、それは、大抵豪農《たいていごうのう》・地主《じぬし》や高利貸し出身の者どもなのだが、そやつらが、必ずしも江戸・大坂といったありきたりの市場《しじょう》ではなく、己《おの》れの才覚によって、「より高く、より多く」売りさばくことのできる独自の販路《はんろ》をつくり上げようとする、〈貪欲《どんよく》な執念《しゅうねん》〉をもっていたからなのだ。

つまりだ…兵馬《ひょうま》…俺が言いたいことは、こういうことなのだ。

幕府領・諸藩を問わず、今、わが国の至る所で繁殖《はんしょく》し、成長を遂《と》げている、この新しき種族《しゅぞく》の人間たちこそが、これからのこの国の経済のゆくえを握る〈要《かなめ》〉となる存在なのだ、ということだ。

そして、経済のゆくえとは、そのまま、政《まつりごと》のゆくえを左右し、ひいては、国全体のゆくえを決定するほどの重大事だということだ……

**津田** ……おぬし……そのような考えを、誰から受け継いだのだ？

失礼だが、俺には、とても、おぬし一存《いちぞん》で編み出した考えとは、思えぬが……

**犬飼** ……図星《ずぼし》じゃ……（笑）。狭間主膳殿のお言葉よ……

正直に言えば、今述べたことも、俺がこれから語る方策も、骨格はすべて、狭間殿のお知恵を拝借し、応用させて頂いたまでのこと。

彼の教えを俺なりに学び取り、咀嚼《そしゃく》せんと努めながら、彼との話し合いの中で示唆《しさ》されたことが、土台となっておる。

もちろん、「公事方」を通して情報を入手し、関八州の経済を踏まえた独自の〈方策〉を編み出したのは、あくまで、この俺、犬飼源次郎だがの……

**津田**　…一体、狭間殿の薫陶《くんとう》の下《もと》で、おぬしが編み出した策とは、いかなるものなのだ？

**犬飼**　なに……別段、大したものではない……

なにしろ、「株仲間の解散令」以来、江戸の問屋《とんや》衆と、関八州の在郷《ざいごう》の商人《あきんど》どもとは、互いに烈しい〈商売敵《しょうばいがたき》〉の関係に置かれておる。

それに、江戸の商人《あきんど》どもも、問屋衆の仲間内《うち》も含めて、今や、決して一枚岩《いちまいいわ》ではなく、互いに〈競争関係〉に置かれている者も多い。

つけこめる手はあるのだ……

**津田**　……なるほど……

**犬飼**　まず、勘定所「勝手方《かってかた》」の人脈を通じて、「江戸の主《おも》な問屋衆が、関八州のいかなる地域のいかなる特産品を、いかほどの値でいかほどの量、購入するつもりなのか？」という情報を、能《あた》う限り入手しておく。

もちろん、俺に必要な情報を教えてくれそうな、問屋衆に顔のきく役人や商人《あきんど》には、適《てき》宜《ぎ》〈接待〉し、また、賄賂《まいない》による〈鼻薬《はなぐすり》〉をかがせる。

問屋衆と「持ちつ持たれつ」の関係にある役人どもや、〈商売敵《しょうばいがたき》〉の存在を煙《けむ》たく思っている商人《あきんど》どもなら、十分に使えるからの……
津田　……うむ……
犬飼　その上で、今度は、「公事方《くじかた》」の手づるを使い、関八州の在郷の商人《あきんど》らと親しく接触し、彼らに、商売敵である江戸の問屋衆の〈仕入れ値段〉についての当方の〈予測〉を流してやる……
　さすれば、彼らは、江戸の問屋衆を出し抜いて、関八州の特産品を買い占めることができる。
津田　……なるほど……
犬飼　その一方で、親しい代官所の者どもも交《まじ》え、在郷の商人《あきんど》らと知恵を出し合って、特産品の独自の〈販路〉を拡《ひろ》げてゆく算段《さんだん》をするのだ。
津田　……うーむ……周到《しゅうとう》に考えたものじゃの………で、もくろみ通りいったのか？
犬飼　……まあ、かなりうまくいった……といっても、なにせ、わしは勘定所の人間だからの…手配《てはい》がきくのは、あくまでも、天領と旗本知行所のみで、大名領の商人《あきんど》衆までを仲間として取り込むわけにはいかん。
　じゃが、幸いなことに、「関八州」は、天領と旗本領が集中しておるからの……もうけは大きい……

**津田**　……いや、大したものよ……

**犬飼**　結果的に言うと、武州《ぶしゅう》・上州・下野《しもつけ》・常陸《ひたち》諸郡の在郷の商人《あきんど》らと結託して、木綿《もめん》・油・生糸《きいと》・絹織物その他の品々を買い占めさせ、それらを江戸に送るのではなく、上方《かみがた》も含む諸国への独自の〈販路〉を使って売りさばき、その見返りとして、商人《あきんど》どもから、莫大《ばくだい》な〈御用金《ごようきん》〉を上納させることができた……

その上納金の一部は、勘定吟味役《ぎんみやく》、勘定組頭どもの一部、そして、お奉行殿の手にも、賄賂《まいない》として贈り、〈根回し〉のために使わせていただいたわ。

今回の「十一月十日」発表の、勘定所内の大幅な〈人事異動〉は、その成果よ……

**津田**　……いや、源次郎……おぬしのお手並みには、心底、恐れ入った……

今回の人事異動も、おぬしの勘定組頭への異例の大抜擢《だいばってき》も、決して賄賂《わいろ》のせいばかりではあるまい……何よりも、「商人《あきんど》どもを競《きそ》わせる」おぬしの巧妙な画策が功を奏し、幕府財政に大きく貢献したからであろう。

**犬飼**　まあ、そういうことだが、…しかし、けっこう苦労も大きかった、……慎重に、粘り強く調べ上げ、〈根回し〉をしてきたからの。

まあ、随所《ずいしょ》で、狭間主膳殿の適切なる助言を頂けたのが、なんといっても大きい。おかげで、一年半という歳月で、ほとんど無駄なく、事を運ぶことができた。

運も良かったが……

津田　今宵《こよい》は、狭間殿も来られるはずじゃが、遅いの。

犬飼　まあ、われら以上に、ご用繁多《はんた》なお方《かた》だからの……もう、まもなく、来られるであろう。

津田　今回おぬしがとった経済の方策は、今後も続けるつもりか？

犬飼　…まあな、今のわが国の体制と、幕府の政《まつりごと》の制約を考えれば、当面は、この方策で間に合わせるほかはあるまい……不完全で、姑息《こそく》なやり方ではあるがの。

今回は、〈在郷《ざいごう》〉の商人《あきんど》衆の肩をもったが、これからは、必ずしもそうするとは限らぬ。事と次第によったら、逆に、〈問屋《とんや》衆〉の方に情報を流し、有利になるように計《はか》らうことも必要となろう。

双方を適宜競《てきぎきそ》わせ、双方に「恩を売っておく」ことが、大切なのだ……

津田　……そうじゃな、幕府・勘定所の権威を保つためにもの……

犬飼　……うむ……

肝心なのは、商人《あきんど》どもの〈競争〉を盛んにすることと、その〈競争〉を適切に〈調整〉する、権威ある機関としての〈権力〉が、〈競争〉を利用することで、その力を、広範囲に拡大させ、しっかりと根づかせていくことなのだ……と、狭間殿は、常々《つねづね》おっしゃられておる。

**津田**　……うーむ……狭間殿の、そのような発想は、一体いかなるところから出てくるのかの？

彼の傾倒《けいとう》する佐藤一斎《さとういっさい》先生の思想とも、また一味違《ひとあじ》うものだと思うが……

**犬飼**　…うむ……以前、彼から聞いたことだが、狭間殿は、元々は〈侍〉ではなく、大坂の大手の両替商《りょうがえしょう》「天王寺屋《てんのうじや》」の元「手代《てだい》」で、本名は、「仙右衛門《せんえもん》」と申されるのだそうな。

**津田**　…ほ……商人《あきんど》であったか……

**犬飼**　商人出身などと、なめてはいかんぞ。あのお方《かた》の、意表をつく、大胆かつ柔軟な発想は、商人出身ならではのものだ……

それに、天王寺屋といえば、諸藩の「蔵元《くらもと》」を務める「十人両替《りょうがえ》」の一つで、「鴻池《こうのいけ》」と並ぶほどの豪商じゃ。

狭間殿は、若い頃から学問好きで、かの有名な大坂の「懐徳堂《かいとくどう》」でも学び、有数の秀才として、上方《かみがた》一円にその名を馳《は》せておったそうだ……さもあろう。

その才覚を高く買われ、天王寺屋が蔵元を務める「松江《まつえ》藩」の大坂蔵屋敷《くらやしき》の「蔵役人《くらやくにん》」に取り立てられて、〈士分《しぶん》〉となり、「狭間主膳」と名乗られるようになった。

**津田**　…うむ……

**犬飼**　その後、松江藩を辞《や》められ、しばらく、さる西国雄藩《ゆうはん》の「侍講《じこう》」として、学問を講ぜられたが、やがて江戸に赴《おもむ》かれて佐藤一斎先生の門弟となられ、その優《すぐ》れた学才を、先生から高く評価された。
それから後《あと》は、われらもよく知っている通りじゃ。

**津田**　…うむ……しかし、俺は、おぬしから色々と話を聴き、また、狭間殿にもお会いして、直接お話をうかがい、かの御仁《ごじん》の壮大な幕政改革構想の一端《いったん》に触れ、「革世天道社《かくせいてんどうしゃ》」の存在を知った時には、心底、仰天《ぎょうてん》したぞ……

えらいことに関わらされたものと、…正直、しばし震《ふる》えが止《と》まらなんだわ……

源次郎、おぬしの口から、社中《しゃちゅう》の〈内輪話《うちわばなし》〉を少しずつ聞かされ、おぬしに脅《おど》しすかしされてから、ようやく落ち着きを取り戻したがの。


**犬飼**　……無理もないわ……俺だって、最初の頃は、そうだったからな……（笑）。

しかし、今では、狭間殿に出会えて、心から感謝しておる。最初は、〈武者ぶるい〉が止まらなかったが、今では、随分《ずいぶん》と肚《はら》もすわってきた。

今回の勘定所の仕事をやり遂《と》げて、俺にもようやく自信がついたしな……

まだまだ、「勘定組頭」ごときで満足はせん……次は、「勘定吟味役《ぎんみやく》」を狙うつもりだ。

末は「奉行《ぶぎょう》」となり、幕閣《ばっかく》に食い込むことだって、夢ではないやもしれぬ……

**津田**　……大きく出たな……（笑）。

だが、あまり調子に乗るなよ、源次郎……世の中、何が起こるかわからんぞ……

佐藤一斎先生も、言っておられたではないか。

「得意の時候《じこう》は、最も当《まさ》に退歩《たいほ》の工夫《くふう》を着《つ》くべし。一時一事《いっときいちじ》にもまた皆亢竜《こうりょう》あり」とな。

意図した通りに事が運ぶと、得意になっておる時こそ、まさに、「退《しりぞ》く」時の工夫をしておけ、ということだ……何事も、登りつめた頂《いただ》きの後《あと》には、思いもかけぬ危《あや》うさが待ちかまえているものよ。

おぬしのように、才覚がありすぎて、天《てん》への畏《おそ》れを知らぬ者は、危ういものよの（笑）。

**犬飼**　…まあ、妬《や》くな、妬くな、兵馬《ひょうま》……。貴様《きさま》の苦言・忠言には感謝するが、俺の計算に抜かりはないわ……いずれ、貴様にも、俺の〈志《こころざし》〉のほどはわかるさ。

**津田**　……まあ、俺には、〈志〉などという、ご立派なものは、あまり縁がなさそうだが、……この国の進んでいく方向は、なんだか、狭間殿の予言通りの道でもありそうな気が、せんでもない。あの御仁《ごじん》の声を聞いていると、なんだかしらんが、変に、その気にさせられてしまう……

ここ二月《ふたつき》ほどの仕事は、俺も、けっこうどきどきさせられたが、面白かった。

頭の悪い、臆病《おくびょう》者の俺には、〈志〉って奴は、あんまりぞっとしねえし、どうしても及び腰になっちまうが、おぬしたちと組んで歩いていくのも、まんざら悪くない……

**犬飼**　…兵馬、貴様はそれでいい……貴様らしくていい……
貴様といると、俺も、なにか、気が楽になる……ま、今後とも、よろしくたのむ。

**津田**　……ああ、だが、さっきも言ったように、十分気をつけろよ……

犬飼・津田両名、沈黙して酒を飲む。

しばし間《ま》をおいて、頭巾《ずきん》で顔を隠した狭間主膳が座敷に入ってくる。
座ってから、太刀《たち》を置き、おもむろに頭巾を取る狭間。

**狭間**　…いや、ご両人、遅れて相《あい》済まぬ。随分《ずいぶん》、待たれたか？

**犬飼**　…いえ、津田とよもやま話をして、時を費《つい》やしておりましたゆえ、…お気にめさるな

……

**狭間**　犬飼君、今回の勘定所人事の大幅な刷新《さっしん》の話は聞いた……勘定組頭に抜擢《ばってき》されたそうじゃの……。いや、おめでとう…わしも、嬉しい。

**犬飼**　恐縮でござる……これも、狭間殿よりの常日頃のご薫陶《くんとう》・ご助言の賜物《たまもの》でござる。

**狭間**　いや、幕府財政を預《あず》かる勘定所内に、貴公《きこう》のような、優秀なる人材がいてくれて、本当に、私は心強くおもうておる。

私が久しく考え抜いてきた、新たなるこの国の経済のかたちについて、よく理解し、それを一歩一歩実現に近づけてゆくための、地に足の着いた方策と手配《てはい》を案出《あんしゅつ》してくれる、「有能の士《し》」を、私は長らく探してまいったのだ……

貴公は、まさに、それにうってつけのお人じゃ。

**犬飼**　商人《あきんど》どもの競争心を刺激し、彼らの才覚を存分に、多様に開花させることで、生産と流通の規模を拡げ、それを権力の手によって適宜《てきぎ》調整してゆくことで、国全体の市場《しじょう》を集中的に操作し、統制してゆく……その勢い、流れをつくり出すことが、幕府・諸藩の〈割拠《かっきょ》〉に支えられた、今のこの国の脆弱《ぜいじゃく》な権力を、根底から変えてゆく力となり、ひいては、わが国を、西洋列強に対峙《たいじ》しうる一大強国へと育て上げる道なのだ……狭間殿は、常々《つねづね》、そのようにおっしゃられておられましたな?

**狭間**　…その通りじゃ…。おぬしは、本当に呑み込みが早い。

生産と流通・交易《こうえき》のかたちを定める経済のあり方こそが、一国の土台となるべきものであり、政《まつりごと》は、その経済の変容に対応する中で、おのずと、ふさわしい姿に向かって〈脱皮〉しながら、形作られてゆくべきものじゃ……

国内はもとより、諸外国との交易・力関係においても、根底にあるものは、つねに経済だということを、忘れてはならん。

**犬飼**　……はい……よく心得てござる。

**狭間**　経済の根っこにあるものは、人の心の中に潜む限りない〈欲〉と、欲にもとづく〈競争心〉じゃ……

**犬飼**　……は……まさに、さよう心得まする……今回の拙者《せっしゃ》の勘定所内における仕事を通じても、そのことは、ひしひしと実感してござる。

**狭間**　……うむ……。競争が盛んになれば、村や町での商品の開発も進み、租税《そぜい》の徴収《ちょうしゅう》も、より柔軟で多様なものとなり、増収も見込めるのだ。

今、西洋の国々では、東洋の国々から入手した原料品をもとに、蒸気による動力を使った、新たな技術の進展によって、安上がりで、需要の高い品々が大量に生産されておる。西洋人どもは、その品々を、東洋の国々に大量に売りさばいて、大もうけをしておるのだ。

**犬飼**　…はい…

**狭間**　西洋諸国では、国内の至る所に、民間の商人《あきんど》どもが設立した、さまざまな業種の〈工房《こうぼう》〉が建《た》ち並び、百姓どもが銭をもらって働きながら、日夜、大量の品々を生産しておる。農地の売買も進み、新しい産業が次々と誕生し、かの国の経済力と軍事力は、今や、世界全体を覆《おお》い尽《つ》くすほどの勢いをもっておるといっても過言ではない。

**犬飼**　……は……まことに恐るべきことにござる。

**狭間**　わが国も、一日も早く西洋諸国に見習い、かの国の経済のごとく、個々人の才覚と競争に支えられた、生産と流通の拡大を図り、国全体の市場《しじょう》を適切に調整し、統制しうるような、強力な〈統一国家〉をつくり上げねばならん……

それを可能とするような、法と制度とを整備してゆかねばならぬ。

さもなくば、わが国もまた、インドや清国《しんこく》と同様、西洋列強の食い物となることは、必《ひっ》定《じょう》じゃ。

遠からず、幕府の鎖国《さこく》政策は崩れ去る……。その後《あと》に襲い来《きた》る荒波を首尾良く乗り切れるかどうかが、わが国の〈勝負所《しょうぶどころ》〉なのじゃ。

**犬飼**　……は……

**狭間**　やらねばならぬ事業は、いくらでもあるが、当面まず何よりも重視しなければならぬことは、洋式軍備の大々的推進と、西洋の制度と学問・技術の徹底的研究と、その大幅な導入じゃ。

私は、その方針を、当面の幕政の基本に据《す》えていただくよう、ご老中・阿部伊勢守様に訴えてきたが、その具体的な実現のために、近い将来、新設されることになる〈幕府洋学機関〉の中で、重責を果たすことと相《あい》なった。

**犬飼**　……それは、慶《よろこ》ばしきことでござる……

**狭間**　犬飼君、津田君、……この国は、これから変わるぞ…驚くほど変わる……

**犬飼**　…は！

**津田**　……は……

**狭間**　また、変わらせねばならん…。おぬしらも、存分に腕を振るえるような、面白い世の中となろう……まあ、恐る恐る、楽しみに待っておるがよい。

だがの、……

**犬飼**　…は…

**狭間**　そのような、国の将来を見据《みす》えた大きな〈志〉はさておき、われわれは、目の前にある小さな〈懸念《けねん》〉とて、疎《おろそ》かにするわけにはまいらぬ……「蟻《あり》の一穴《いっけつ》」のことわざもあるからの……

**犬飼**　……は……例の件についてでござるな？

**狭間**　…さよう……「革世天道社」の始末《しまつ》の儀《ぎ》についてじゃ……

**犬飼**　……結局、いかがなされるのでござる？　……われらも、それをおうかがいしないことには、具体的な〈手配〉の仕様《しよう》もありませぬ。

狭間　…うむ、もちろんわかっておる。
おぬしたちが辛苦《しんく》して調べてくれた、黒川竜之進・村上喬平らを中心とする革世天道社の〈幹部〉どもの動きと、わしが独自の人脈を使って調べ上げた情報を元にして、ここしばらく、わしなりの〈処断〉の方法を考えてきた……ようやく、わが社中の始末のつけ方について、隅々《すみずみ》まで納得のゆく形で決心がついた……社中《しゃちゅう》の者ではない貴公《きこう》たちに、その細部を語る必要はあるまい。
わしが、なぜ、己《おの》れの手で育ててきた、愛着の深い「革世天道社」を、敢《あ》えて、自《みずか》らの手で〈始末〉する気になったのか？
なぜ、今、この組織をつぶさねばならぬと考えるようになったか？
まず、それを話そう……その上で、具体的な〈段取り〉について、相談いたそう……
犬飼　……は！
津田　…は…
狭間　実際、おぬしたちのように、〈現実〉に対して醒《さ》めた眼をもち、この国の将来のあるべき形と改革への見通しについて、絵空事《えそらごと》ではない、きちんとした〈夢〉を抱《いだ》けるような者どもが、わが社中の同志たちの指導者であったなら、私とてかような苦々《にがにが》しい想いはせずに済んだはずじゃ……

タチの悪いのは、絵空事でしかない、子供じみた半端な〈理想〉に己《おの》が身《み》を燃やして、その盲目的な情熱の力によって、血気盛んで無知な若者たちを引っ張ってゆく、夢想家《むそうか》肌の連中や、この世への憎しみと己れの生まれ育ちの不遇感から来る〈復讐心〉によって、旧《ふる》き体制を根こそぎ破壊し、己《おの》れの〈権力意志〉を満たさんとして、新たな支配者の地位に立たんとする、血なまぐさい野心家どもじゃ。

村上喬平と黒川竜之進は、こういった困り者の手合《てあ》いなのだ……

**犬飼**　……は、……狭間殿のご心中《しんちゅう》、僭越《せんえつ》ながら、それがしにも、なんとなく、分かるような気がいたしまする。

**津田**　……たしかに、…〈夢〉とか〈志〉って奴は、一歩間違えると、人を、とんでもねえ〈狂人〉にしてしまうような、怖ろしいところがあるのかもしれませんな……

**狭間**　……いかにも、その通りじゃ……

だがの、ひとつの結社、ひとつの組織が、目的を共にする者どもによって、真に結束したものとして形作られ、成長・発展を遂《と》げるには、村上喬平のような夢想家や黒川竜之進のような野心家の情熱と精力とが、どうしても必要となるのだ。

村上の、理想に向かってひた走る、純粋な直情性は、今の世に対して不遇感を抱《かか》えた、多くの血気にはやる若者どもを、烈《はげ》しく魅了《みりょう》した。

黒川には、同志を集め、洗脳して、その人物の力量にかなった、具体的な仕事をあてがってやり、組織の一員として寄与《きよ》させるという、独特の才があった。
このふたりがいなければ、「革世天道社」の発展はありえなかった。
だが、……奴らは、私がこの組織に求め、期待していたものを超えて、〈暴走〉を始めるようになってしまったのだ……

**犬飼** …黒川や村上らが、狭間殿の思惑《おもわく》とは違う方向に、社中の同志たちを引っ張っていったということですかな？

**狭間** …いかにも……。わしを巧妙に棚上《たなあ》げし、少数の幹部たちだけで、密《ひそ》かに、独自の〈革命〉計画を立て始めたのだ。
その大きなきっかけとなったのが、前にも、おぬしたちに述べた、あの小幡藤九郎作成による、関東農村の「実地見聞録《じっちけんぶんろく》」だ。

**犬飼** 関東各地の村々における百姓どもの生活実態をつぶさに調べ上げた、小幡藤九郎の手記ですな。

**狭間** …さよう…。あの小幡の「見聞録」なるものは、実は、幕府のこれからの財政政策にとって、きわめて深い意義をもつ、貴重なる記録なのじゃ……犬飼君、おぬしが勤務する「勘定所」にとっては、ことのほか使いごたえのある、得がたい資料だといってよい……

お分かりだと思うが。

**犬飼**　…は……よく分かりまする……。あれがあれば、関八州《かんはっしゅう》の在郷《ざいごう》の商人《あきんど》どもとの交渉においても、また、「公事方《くじかた》」の扱う関八州の幾多《いくた》の訴訟においても、適切なる処置がとれるのではないか、と思われまする。

**狭間**　……いかにも……。先にも述べた、われらがこれからめざしてゆくべき新しき経済と、それに即応しうる新しき政《まつりごと》のかたちにとっても、大いに示唆《しさ》に富む、意義深い資料なのじゃ。

**犬飼**　…は……

**狭間**　その貴重な、関八州の「見聞録」を、黒川や村上らを中心とする社中の過激派の幹部どもは、こともあろうに、関東諸国における大規模な一揆《いっき》・打ちこわしを誘発するための、〈煽動《せんどう》〉の道具として、悪用せんとしておるのだ……

**津田**　……ひぇーっ！　ほ、…ほんとなんですか……。なんてこった！

**犬飼**　……むむ、大それたことを企《たくら》む奴らだ……まったくもって、お上《かみ》に仇《あだ》なす不逞《ふてい》の輩《やから》といういうしかありませんな……

**狭間**　……奴らは、数ヶ国に及ぶ規模で、激烈な一揆・打ちこわしを同時に多発させることで、幕政に〈揺さぶり〉をかけ、一気に〈革命〉を成就《じょうじゅ》させる肚《はら》なのだ……

具体的には、まず、関東一円《いちえん》の天領・旗本領・諸藩を〈再編成〉して、幕府の独裁的な支配の下《もと》に置き、ついで、幕府に協力的な東国の親藩《しんぱん》・譜代《ふだい》大名の力を動員して、関東から東国一帯に幕政の〈支配領域〉を拡大する。

さらに、その強大な経済・軍事力を背景として、西国の有力諸藩に圧力をかけ、すでにわが社中の同志となっている西国雄藩の藩士たちに〈檄《げき》〉を飛ばし、藩権力の〈奪取《だっしゅ》〉を図《はか》らせることで、一気に〈日本国の統一〉への道筋をつけるつもりなのだ。

もちろん、京の都の〈朝廷〉も、抱《だ》き込んでのことだ……

どうだ、正気《しょうき》の沙汰《さた》ではなかろう？

**犬飼**　……狂人のたわ言《ごと》としか思えませんな……なんて奴らだ……

**津田**　……だから、夢って奴は、理想って奴は、おっかねえんだ……

冗談じゃねえ……

**犬飼**　……しかし、今の狭間殿の話じゃ、奴らは、大規模な一揆・打ちこわしを誘発して、幕閣や旗本・諸大名を脅《おど》かし、まず関東一円の地を、一気に幕府の下《もと》に再編成して統一するということですが、そもそも、幕閣が、そんなことを、易々《やすやす》と言いなりになってやるとは、とても、それがしには思えんのですが……

**狭間**　……いや、だからこそ、奴らは、幕閣に強力な人脈をもつこの私に、長い時をかけて

〈根回し〉をさせてきたつもりなのだ……

つまり、黒川・村上ら、社中の過激派の幹部どもは、幕閣や諸藩に顔のきくこの狭間主膳を〈首領〉に据《す》えておくことで、わしの力を利用しつつ、巧妙にわしを棚上《たなあ》げし、社中の同志どもに対しては、自分たちの手で彼らを直接に組織し、掌握《しょうあく》してみせた気になっておるのじゃ……笑止千万《しょうしせんばん》よの（笑）。

**犬飼**　……いや、まことに、……狭間殿の奥の深さも、怖ろしさも知らぬとみえる……度《ど》しがたい連中でござるの……

**狭間**　…いかにも（笑）……。それゆえ、黒川・村上ら幹部たちは、具体的な〈革命〉計画については、これまで、社中の同志全体を代表しているという〈名目〉を盾《たて》にとって、己《おの》れらの立てた〈案〉をわしに押しつけ、〈同意〉を求める、という形で、事《こと》を進めてまいったのだ。

だが、わしは、敢《あ》えて、事を荒立《あらだ》てずに、多少の異論は申し述べてきたが、基本的には、そのつど、奴らの提案には、〈同意〉を示してきた……

おかげで、黒川・村上らは、このわしを、「慎重な臆病者《おくびょうもの》」とみくびってはいるが、同時に、深く信頼してくれてもおる。

幕政の展望を語る時の、〈知識人〉としてのわしの能力には、〈畏怖《いふ》〉の想いを抱《いだ》いてくれておるし、強力な人脈をもつという点でも、わしは、彼らに頼りにされておる。

もちろん、「利用しがいのある」男だと、見込《みこ》まれてもおるのだがの……（笑）。


**犬飼**　…しかし、それにしても、黒川・村上らの〈革命計画〉は、無理がありすぎます。

いくら狭間殿に幕閣への隠れた人脈があるとはいえ、旗本衆と諸藩の利害が複雑に入り組む「関八州」の地を一気に〈再編〉し、幕府の独裁的な支配下に置くとは、…「勘定所」に勤めるそれがしには、信じがたい……

江戸・大坂周辺の大名領及び旗本領を、幕府の直轄《ちょっかつ》する天領へと組み込むという、前《さき》のご老中・水野越前守殿の「上知令《あげちれい》」が、諸大名・旗本衆の猛反対によって撤回《てっかい》させられたという事実ひとつ取ってみても、黒川らの構想の無謀《むぼう》さは明らかでござる。

あの猛反対によって、水野殿は、「上知令」が出されたわずかひと月後の「閏《うるう》九月」に老中職を罷免《ひめん》された……

しかも、水野老中の「上知令」は、なにも、江戸・大坂周辺の大名領・旗本領を幕府が一方的に没収しようとするものではなく、あくまでも領地の〈配置換《が》え〉にとどめようとする政策でござった。

**狭間**　…うむ…水野殿は、全国の商《あきな》いの中心地である江戸・大坂周辺の地を幕府の直轄《ちょっかつ》とすることで、年貢の増収を図《はか》ると共に、商品の流通を強引に統制せんともくろんだのだ……

そのために、かの地の大名・旗本の所領を、別の土地に移そうとされたにすぎん。

**犬飼**　…いかにも。しかし、そのような領地の〈配置換え〉すら、大名・旗本の利害によって妨《さまた》げられ、ままならぬ、今の幕府の権力の実情では、「関八州」の地を一気に幕政の独裁下に置くなどという、黒川・村上らの野望は、夢のまた夢、というほかはありません……あまりにも、無謀だ！

**狭間**　……うむ……実はの、今おぬしたちにわしが語ってきかせた、黒川らの大それた一連の革命計画は、奴らが最終的に実現したいと考えている〈もくろみ〉には違いないが、奴らが、このわしに〈提案〉した計画内容ではないのだ……

**犬飼**　……なんですと？　……一体、どういう意味です？

**狭間**　……つまり、奴らがわしに〈提案〉した革命計画は、先ほど、わしがおぬしらに語ってみせたものより、もっと穏《おだ》やかな内容のものだったのだ……

わしの人脈の力が及ぶ範囲に無理なく寄り添い、また、幕府の置かれている現状への、わしの醒《さ》めた認識を一応それなりに踏まえた上で〈提案〉された、過激ではあるが、全く実現不可能とも言い切れぬ内容のものであった。

**犬飼**　……すると、奴らは、狭間殿の全《まった》くあずかり知らないところで、もうひとつの、とんでもない、〈夢物語〉としか言いようのない革命計画を立案していた、ということですか？

**狭間** …さよう……。おそらく、「慎重な臆病者」のわしには、提案しても、とうてい「同意は得られぬ」と踏んだのであろう。

**犬飼** ……ふむ……それにしても、なんて奴らだ……

正気の人間なら、誰だって受け容《い》れようのない、どこからどうみたって、実現しようのねえ計画に、全身入れ上げてみせるなんざ……どこから、そんな〈狂人〉の情念が湧《わ》いてくるんだ……「死に急いでる」としか思えねえ……

**津田** …俺には、とても、同《お》んなじ人間たぁ、思えねえ……

**狭間** ……まったくじゃ、……わしにも、さっぱりわからぬ……

ただの、……人の心の奥には、ひと皮むくと、そんな、狂気じみた〈夢物語〉のために「死に急ぐ」ような、…得体《えたい》の知れぬ〈闇〉が潜《ひそ》んでいるのやもしれぬ……と、時折《ときおり》、わしも思うことがある……

淫祠邪教《いんしじゃきょう》の匂いに通じる何かなのかもしれんが……

**津田** ……おっかねえ……

**犬飼** ……俺にも、さっぱりわからねえが……しかし、そう言われれば、時折ふと、俺でも、なんか、……得体の知れねえ、薄気味の悪い、自分でも何だかわからねえが、心の中に、

〈黒くうごめくもの〉を感ずることがあります……
いっそ何もかも捨てて、ぶち壊してしまいたいような、そんな狂気じみた想いが、ムクムクと頭をもたげてくるような瞬間が、たしかにある……
……でも、考えたくもねえな、そんなこと……

**津田** ……俺には、信じられねえ……
だって、この世に生きてる以上は、〈旨《うま》い物〉も食いてえし、〈いい女〉を抱きてえ、「面白おかしく生きてえ」って、そう思うのが、人情ってもんじゃねえんですか？

**犬飼** …ふん、兵馬、おぬしは気楽な幸せ者よの……そんな見方で、この世をヘラヘラと笑って生きていけるのだからの……
人って〈生き物〉は、もっと得体の知れねえ、わけのわからねえところがあるもんだ。

**狭間** ……おぬしたちも、存じておろう……ここ半年近くの間に、四谷《よつや》、市ヶ谷《いちがや》、芝《しば》、上野《うえの》など、江戸御府内《ごふない》各地で相《あい》次いでいる、正体不明の「辻斬《つじぎ》り」の話を……

**津田** よく存じております……われら奉行所も、八方手を尽《つ》くして賊を捜しておるのですが、物盗《ものと》りとも思えず、一体何のためやら、さっぱり手がかりがつかめぬのです。

**狭間** …うむ……。あれは、黒川らに心酔《しんすい》している、社中の過激派の一部が、腕試《うでだめ》しと称《しょう》し、「大義《たいぎ》のためには、非情の鬼となって、人を、血相《けっそう》ひとつ変えずに殺傷できる」ようになるために、胆力《たんりょく》を鍛《きた》えようとしてやっているのだ。

**津田**　……な、なんですと！

**狭間**　もちろん、奴らにとっては、大義のためなら、別段殺しても差《さ》し支《つか》えのない程度の、そこらの虫けらのごとき無宿人《むしゅくにん》を選んで、斬り捨ててみせたにすぎないのであろうがの……。

**津田**　…じょ、冗談じゃねえ……そんな得手勝手《えてかって》なリクツで殺されたんじゃ、たまったもんじゃねえ！

**狭間**　奴らの所業《しょぎょう》が、その程度の〈辻斬り〉で済んでいる内は、まだよい。だが、そのような、流血をも厭《いと》わぬ者どもが、血気《けっき》にはやって、要人《ようじん》たちへ〈天誅《てんちゅう》〉を加えるまでになったとしたら、どうだ？

もはや、ただごとでは、済まされなくなる……。

**犬飼**　…むむ……ゆゆしきことだ、……捨てておけませんな。

**狭間**　……さよう……。そう考えてゆくと、黒川らを中心とする、社中の過激派どもが、わしのあずかり知らぬところで、先にも述べたような、もうひとつの狂気じみた革命計画を立てていたことにも、腑《ふ》に落ちるものがあるのだ……。

というのは、奴らが、大規模な一揆・打ちこわしを契機に、幕閣たちを脅《おど》して、意のままに従わせ、一気に幕政の実権を握り、関東一円を幕府の独裁的な支配の下《もと》に置くという、例の〈もくろみ〉が実現しうるとすれば、それは、社中の意のままにならぬ幕閣及び旗本・諸藩の〈要人〉を、一斉《いっせい》に〈暗殺〉することによってのみ、可能となるからだ。

つまり、要人への〈暗殺〉という、血なまぐさい非常手段を考慮に入れるなら、一見、絵空事のようにみえる、奴らの革命計画も、一種の〈現実味〉を帯びてくることになる。

**犬飼**　……なんと……思い切ったことを……信じられん……

**津田**　……正気の沙汰《さた》じゃねえ……狂ってる……

**狭間**　もちろん、仮に、そんな非常手段を講じてまで権力を手中《しゅちゅう》にしてみせたとしても、暗殺などという、人間への不信感に根ざした陰湿《いんしつ》な、血塗《ちぬ》られた行為による屍《しかばね》の累積《るいせき》の上に、強引に打ち立てられた政権が、長持ちするはずはない。

早晩《そうばん》、血で血を洗う権力争いによって腐蝕《ふしょく》し、民心《みんしん》が離れ去ることは必定《ひつじょう》じゃ。

さもなくば、残忍きわまる狼どもの支配による、この世の地獄が訪《おとず》れるまでのこと……

それとて、いずれは崩《くず》れ去る運命を免《まぬが》れぬ。

佐藤一斎先生も言っておられる。「急迫《きゅうはく》は事《こと》を敗《やぶ》る。寧耐《ねいたい》は事をなす」と。

天機至《てんきいた》らざる時に、不自然に事を急《せ》くと、失敗するだけじゃ。

また、こうも言っている。「処《しょ》し難《がた》きの事に遇《あ》はば、妄動《もうどう》するを得《え》ざれ。須《すべか》らく幾至《きいた》るを候《ま》ちてこれに応ずべし」と。天道《てんどう》の怖ろしさを知らず、已《おの》れの力を浅はかに過信して、悪あがきをする者どもは、まことに愚かしい。
もっとも、〈天道〉と申しても、わしは、世の儒者どものように、それに、神がかった意味を与えるつもりはない。〈天道〉とは、わしにとっては、〈時勢《じせい》〉ということじゃ。〈時勢〉の流れをよく見きわめ、その時々に、無理のない、適切なる〈方策〉を採用せねばならぬ。
黒川・村上ら、過激派の幹部どもや、奴らに踊らされている、一部の社中同志たちには、その〈時勢〉の流れが必然的につくり出す〈好機〉というものが、まるで視えてはおらぬ。

**犬飼**　…さようでござる……。所詮《しょせん》、奴らの編み出した革命計画など、狂人による絵空事の夢でしかない……
だが、捨ててはおけませんな。

**狭間**　いかにも……。奴らが、事《こと》を実行に移し、一気に幕政の掌握《しょうあく》を図《はか》る際には、同時に、〈首領〉であるこのわしを取り囲み、無理矢理にでも「脅《おど》しすかし」して、意のままに従わせんとするであろう……迷惑至極《しごく》な話じゃ……
奴らと心中《しんじゅう》する気など、わしには毛頭ない。

**犬飼**　……まったくでござるな（笑）。

ですが狭間殿、せっかくここまで育ててこられた革世天道社を、自らの手で葬《ほうむ》り去るのは、断腸《だんちょう》のおもいでござろう？

**狭間**　……それはそうじゃが、必ずしも徒労《とろう》のおもいばかりではない……わしには、七年もの歳月をかけて育て上げてきた、数多《あまた》の同志たちがおる。その中には、これからのこの国の改革を担《にな》ってゆくべき少壮有為《しょうそうゆうい》の人材が、少なからずおるのだ。黒川・村上ら、過激派の幹部どもに心酔《しんすい》し、同心《どうしん》しておるのは、あくまでも、社中の〈一部〉の者どもにすぎん……

ここ二月《ふたつき》ほどの間に、おぬしたちの手で極秘裡《ごくひり》に調べ上げてもらった、黒川・村上らと同志たちの〈交友関係〉を元に、さまざまな検討を加えた結果、黒川・村上らに心から〈同心〉している社中の者どもは、わしが危惧《きぐ》していたよりも、ずっと少ないということが判明した。

**犬飼**　…それは、幸いでござった……

**狭間**　……うむ……。しかも、最初は過激派の仲間入りをさせられていたものの、後《あと》で、革命計画の〈実情〉を知るに及んで怖ろしくなり、心を許せる他の同志の者に密《ひそ》かに打ち明けた結果、わしと気脈《きみゃく》を通じ、こちら側の〈密偵《みってい》〉となって、黒川らの企《たくら》みを逐一《ちくいち》わしに報告してくれるようになった、心強い同志たちもおった。

黒川らの革命計画の、隠された〈真相〉も、先に述べた〈辻斬り〉の事実も、その者たちから、わしが聴き出したことじゃ。
**犬飼**　……なるほど、よく合点《がてん》がいきもうした。
では、黒川・村上ら、過激派の幹部どもと、それに同心せし一部の社中の者どもだけを捕縛《ほばく》し、処刑に追い込めばよい、…ということですな？
**狭間**　…さよう…。だが、奴らを捕縛するには、しかるべき〈証拠〉が必要じゃ。
黒川は抜け目のない男での。革命計画の尻尾《しっぽ》をつかまえられるようなヘマは、まずやるまい。
**犬飼**　「革世天道社」に加盟せし者の〈誓詞血判《せいしけっぱん》〉の証《あか》しがござろうが、それには首領である狭間主膳殿のお名も記されておるのでござろう？
**狭間**　むろんのことじゃ。
革世天道社に加盟した同志たちには、われらの作成した「社中人名録《しゃちゅうじんめいろく》」に姓名を記し、誓詞血判してもらうことになっておる。
……だがの、犬飼君……
**犬飼**　…は…
**狭間**　実は、もう、その「社中人名録」なるものは、この世には無いのじゃ……

こたび、革世天道社を、完全に、この手で葬《ほうむ》り去る決心がついた後《のち》に、わしが焼き捨てた。
だから、今では、この狭間主膳が革世天道社の〈首領〉であった、という〈証拠〉は、どこにも無い……
もちろん、社中の〈内情〉について知る者が、あれこれと騒ぎ立てて〈証言〉をするというおそれはあるが、すべて「握りつぶす」という手はずが、南町奉行・鳥居甲斐守《とりいかいのかみ》殿との間で、すでに出来上がっておるのだ。

**犬飼**　……では、あとは、黒川竜之進・村上喬平らをはじめとする過激派の者どもを、一網《いちもう》打尽《だじん》にすればよいのですな？

**狭間**　その通りじゃが、今も申したように、そのためには、しかるべき〈証拠〉が要《い》る。その〈証拠づくり〉をしてくれるのが、「小幡藤九郎」なのじゃ……
彼には気の毒だが、われらの〈大義《たいぎ》〉のために、〈人柱《ひとばしら》〉になってもらうほかはない。

**犬飼**　…黒川らが小幡を襲撃し、暗殺した現場をおさえて、それを口実に、奴らを捕縛すればよいのですな？

**狭間**　…さよう……。その大切なる役目は、津田君、君にお願いすることになる。

**津田**　…心得てござる……。抜かりなく手配いたしまする、ご安心めされ……

狭間　…かたじけない……頼りにしておる。貴公《きこう》がいてくれて、本当に心強い。

津田　……は……

狭間　（懐《ふところ》から金子《さんす》の包みを出し、犬飼と津田にそれぞれ差し出す）これは、今回のおぬしたちの働きに対する、わしのささやかな礼じゃ……ま、心おきなく受け取ってくれ。

犬飼　……これは、お気づかい頂き、恐縮でござる……ありがたく頂戴《ちょうだい》いたします。

津田　…ありがたく頂きまする。

犬飼　しかし、狭間殿、小幡藤九郎の手にある、例の「見聞録」の件は、いかが相《あい》なりまする？

狭間　……うむ……「見聞録」を闇に葬り去るのは、いかにも惜しい。
われらのために〈人柱〉となってくれる小幡のためにも、彼の残した「見聞録」は、われらが政《まつりごと》のために活《い》かしてやるのが望ましい。
さすれば、非命《ひめい》に倒れる小幡藤九郎の霊も、もって瞑《めい》すべしというところであろう……
黒川らは、小幡の手から首尾《しゅび》良《よ》く「見聞録」を奪い取った後《あと》、ただちに小幡の口を封じようとかかるであろう……その暗殺の現場を、津田君、ひとつ抜かりなくおさえてほしい。

津田　……は、心得ました……

狭間　さすれば、「見聞録」も、首尾良く、われらの手に入ることとなろう。

犬飼　…さようでござるな……

これにて、われらのすべての懸念《けねん》は、ほぼ払拭《ふっしょく》されたとみて、宜《よろ》しゅうござるか？

狭間　……いかにも……

ご両人とも、本当に、ご苦労じゃった。

大事決行時における、細部の手はずの打ち合わせは、また、後日《ごじつ》改めていたそう……

犬飼　…は……

津田　…は…

頭巾《ずきん》をつけ、太刀《たち》を取って立ち上がる狭間。

犬飼・津田も太刀を取って立ち上がり、三人とも、座敷を出る。

行燈《あんどん》の灯りが静かに消え、舞台が闇に覆《おお》われる。

# 第九幕　遭難

## （11）第一場　天保十四年（一八四三）・真冬［陰暦・十一月］

夜。浅草《あさくさ》にある遊郭《ゆうかく》・吉原《よしわら》の一室。

小幡藤九郎と遊女・小染《こそめ》の会話。
部屋は、ほの暗い行燈《あんどん》の灯《あか》りに包まれている。
ひとつの布団《ふとん》の中で、寄り添いながら語り合うふたり。

**藤九郎**　……小染《こそめ》、もうそろそろ戻らねばならん……名残惜《なごりお》しいが……

**小染**　……うん、わかってる……でも、もう少しだけ、こうしていて、…お願い……
あたし、なんだか、今夜は、弥助《やすけ》さんと離れたくない……少しでも長く、あなたと一緒《いっしょ》に居たいの……なぜだか、わからないんだけど、……どうしても、そうしたいの……

**藤九郎**　…ああ、…俺も離れたくない……。でも、そうもしてられないんだ……

…一日も早く、小染を身請《みう》けして、ふたりでこの江戸を離れたいな……

**小染**　……うん……

**藤九郎**　もう少しの辛抱《しんぼう》だ……俺がもう少し稼《かせ》いだら、お前の身請けに必要な金は揃《そろ》う。俺自身が今開業している浜町《はまちょう》で、あと二月《ふたつき》も医者を続けられれば、きっと身請けの金は、すっかり用意できる……晴れて、この吉原《よしわら》から出ることができる……もう少しだ。

**小染**　弥助さん、くれぐれも無理しないで……わたしの年季《ねんき》のことは、心配しなくていいわ。それより、長英先生への差し入れや、牢役人への根回しやらで、毎回、随分《ずいぶん》とお金がかかっているでしょう？　ここに通い続けるのだって、ばかにならないし、……でも、いくらなんでも働き過ぎよ……痛々しくて、見てられない……非番の日でも、臨時の患者さんの往診《おうしん》をすることはざらだし、徹夜の診療も時々してたし。弥助さん、ずいぶんやつれたわ……体の具合も良くないみたいだし、…これ以上、無茶しないで…お願い……

**藤九郎**　大丈夫《だいじょうぶ》だよ、俺のことは……。長英先生がこれまで嘗《な》めてこられた辛酸《しんさん》の数々を想えば、これぐらい、何でもねえさ。

それより、小染の身請けが済んで、晴れてお前が遊女の身分から解き放たれて、昔の水上村《みなかみ》の「お里《さと》ちゃん」に戻れる日を、俺は、一日千秋《いちじつせんしゅう》の想いで待ち焦《こ》がれているんだ。

そうしたら、ふたりで江戸を出よう……上方《かみがた》に往《い》こう……
長英先生が無事、伝馬町《でんまちょう》の牢から脱出できて、小染が、この苦界《くがい》から足を洗えたらなあ……ああ、…そうしたら、昔の俺は捨て去って、生まれ変わって、お里ちゃんと一緒に、何もかも一からやり直すことができるんだが……
そうなったら、どんなに、どんなに幸せなことだろう……

**小染**　弥助さん、きっとそうなるわ……

**藤九郎**　…ああ……。そのためにも、なんとしても、あいつらとのしがらみを断《た》ち切り、きれいさっぱりと悪因縁《あくいんねん》を消し去って、その足で、この江戸の地を立ち去らねばならん……なんとしても。

**小染**　夕方、松吉《まつきち》さんがやって来たから、この前の打ち合わせ通り、弥助さんからお預《あず》かりしていた例のものを渡しておいたわ。それでいいのよね？

**藤九郎**　…ああ、それでいいよ。長い間、「見聞録《けんぶんろく》」を預かってくれて、本当にありがとう……お前には迷惑をかけた…これで安心だ。決して、奴らには見つからない所に移すことができたし、小染を危ない目にあわさずに済《す》む。
ずっと不安だったろう…済まなかった……

**小染**　…そんなこと、何も気にしなくていいわ…弥助さんのお役に立てたし。

あの「見聞録」と引き換えに、弥助さんは、あの悪い仲間たちから抜けられるのよね……わたしたち、幸せになれるのよね？

**藤九郎**　ああ、そうだ。俺が、あの手記を奴らに手渡して、その代わりに、きっぱりと奴らとの縁を切る時は、同時に、小染の身請けも済ませて、お前が吉原から出られる時だ。それまでは、あの「見聞録」は、奴らに見つからぬ場所に慎重に隠しておかねばならん。
俺は、奴らとの縁を切ったら、すぐさま行方《ゆくえ》をくらまし、お里ちゃんと落ち合って、その足で江戸を出る……ふたりで上方《かみがた》に往《い》く。
長英先生には、もう、その旨《むね》も手紙で知らせてある。できることなら、先生共々、三人で江戸を出るつもりだったが、鳥居甲斐守《とりいかいのかみ》がいまだ目を光らせているこの御府内《ごふない》から出るのは、容易ではないし、脱獄の手だても講じてはいるのだが、今のご牢内への監視の状況では、まだその時機《じき》ではない。いったん、われらふたりだけで江戸を出て、上方に赴《おもむ》き、先生と連絡を取りながら、しかるべき機を待つことになった。

**小染**　……そう……。いずれは、長英先生も牢を抜け出して、わたしたちに合流なさるおつもりなのね？

**藤九郎**　そうだ……。相《あい》次ぐ外国船の来航によって、激しく揺れ動くこの時勢《じせい》、いつまでも、鳥居甲斐守のごとき悪逆非道《あくぎゃくひどう》な弾圧によって、民心《みんしん》を抑《おさ》えつけておくことなど、できるものではない。近いうちに、脱獄の機会は、必ずやって来る……

先生に深い恩義を感じている上州《じょうしゅう》の村医者の方々《かたがた》もいて、彼らの奔走《ほんそう》もあって、先生が首尾《しゅび》良く脱獄されたら、かくまって頂ける同志の方々の家が、中山道《なかせんどう》沿いに、幾つか用意されてある。脱獄の手だても、牢内の先生との、書簡《しょかん》を通じての打ち合わせによって、すでに、ほぼ出来上がっておる。

あとは、それを実行に移すにふさわしい好機を待つのみだ。

**小染**　……そう……うまくいくといいわね……大丈夫、きっとうまくいくわ……

**藤九郎**　……ああ……そうだな……

俺も、お前も、もう〈故郷《ふるさと》〉を捨てた人間だ……もう昔の、あの、何も起《お》きなかった頃の、なつかしい水上《みなかみ》村の幼い「弥助」と「お里」には戻れない……

故郷《ふるさと》の山があり、川があり、森があった、……祭りがあり、優《やさ》しかった人たちがいた、……あの時と同じ風景には、もう戻れない……

でも、…お前とふたりなら、お前とふたりでやり直せるなら、もう一度、俺たちの新しい〈ふるさと〉をつくり上げることができるような気がする……

生きることの、切なさといとおしさを抱《だ》きしめながら、俺たちの風と水と森の風景をつくることができる……仲間たちと共に……きっと……

小染　…ええ、そうね…きっと、わたしたちの新しい暮らしの中から、優しい、温《あたた》かい命を生み出して、育てていくことができるわ、あなたのこの肌《はだ》のような……

藤九郎の胸にしがみつき、しっかりと体を寄せる小染。
小染を、優しく抱き寄せる藤九郎。

藤九郎　……お里……

行燈《あんどん》の灯りが静かに消える。

## （12）第二場　夜半。両国浜町《りょうごくはまちょう》の路上。

吉原《よしわら》から自宅に戻る途中の小幡藤九郎。
人通りの無い暗い一角で、いきなり、覆面《ふくめん》姿の多数の侍たちに取り囲まれ、刃《やいば》を突きつけられる。

**藤九郎**　……何奴《なにやつ》だ？……（刃を突きつけられながら、所持品を調べられる）
**黒川竜之進の配下**　…所持いたしてはおらぬようです。
**黒川竜之進**　小幡藤九郎、このまま、われらと同道《どうどう》してもらおう。
**藤九郎**　…その声は、黒川竜之進だな……俺を、どうするつもりだ？
**黒川**　おぬしの預《あず》かっている例の「見聞録《けんぶんろく》」を、おとなしく渡してもらおう。
知らぬとは言わせぬぞ。
**藤九郎**　俺が社中を抜ける日に「手渡す」と申してあるではないか？
なぜに、その日まで待てぬ？

黒川　当方には、当方の都合《つごう》というものがあるのだ……われらにとっては、今ただちに、かの手記が必要なのだ……おぬしには悪いが、今すぐにでも、「見聞録」を取り寄せてもらわねばならぬ。
藤九郎　……今、俺の手元には無い……無理だ。
黒川　おぬしの情婦《いろ》である、吉原《よしわら》の遊女「小染《こそめ》」のもとに預《あず》けられてあることぐらい、先刻《せんこく》承知じゃ……だからこそ、われらと同道してもらうのだ。
　預けてある品を「使いの者」に手渡すように、小染宛《あて》に、おぬしに一筆《いっぴつ》したためてもらう……いや、とは言わせぬぞ、小染の身《み》が可愛《かわい》かったら、われらの指図《さしず》に従ってもらおう。
藤九郎　…とんだ見当違《けんとう》いというものだ……小染のもとには、「見聞録」は無い。
　とうてい、おぬしらの手の届かぬ、さる信頼のおける御仁《ごじん》の手に渡っておる……今さら、どうあがいても、無駄《むだ》なこと……
黒川の配下　…なに！　苦しまぎれの出まかせを申すな！
藤九郎　（落ち着きはらった口調で）出まかせではない…本当だ……小染には関わりのないこと……かの者に、迷惑はかけとうはない。
黒川　……ふむ……ま、いずれでもよいわ……。ならば、その「預けてある者」に早速書《さっそくしょ》状《じょう》を送り、「見聞録」を取り戻してもらおうか。

藤九郎　断る！　おぬしらの肚《はら》は読めておる……手記を手に入れた後《あと》、ただちに俺の口を封じようとする気であろう。

どうせ斬られる身なら、おぬしらのために、わざわざ「見聞録」を返してもらう気にはなれんな……それに、もし、ここで俺の身《み》に何かあったら、あの手記は、ただちに、しかるべき筋を通して、「幕閣有力者」たちの手に渡ることになっている……狭間殿にとっても、おぬしらにとっても、具合《ぐあい》の悪いことになるぞ。

もみ消しなどは、出来ぬ仕掛《しか》けになっておるのだ……天下国家を揺《ゆ》るがす一大事《いちだいじ》として、幕府「評定所《ひょうじょうしょ》」の大問題になるぞ！　それでもよいのか？

黒川　……貴様《きさま》、俺たちを逆に脅《おど》す気か！　……笑止《しょうし》なことだ。

そんなことは、断じてさせん！　われらの言うままに、おとなしく書状をしたためぬとあらば、社中の者が「吉原」の客として潜入し、うぬの情婦《いろ》の「小染」の命を頂くまでのこと！

小幡、これは、断じて、ただの脅《おど》しではないぞ！

藤九郎　…なに！　……小染に何の関係がある！　……どこまで卑劣なことを考える奴らだ。己《おの》れらの野心・目的のためには、けなげに、ひたむきに生きている、何の罪もない哀れな者の命まで、奪おうというのか！

貴様《きさま》ら、かような、堕《お》ちる所まで堕ち切った外道《げどう》に成り下がって、……それでも、世直しの大義《たいぎ》などと、口にできるのか、恥を知れ！

**黒川の配下**　なに！　何をぬかすか、裏切り者めが！

**黒川の配下**　大義の志を忘れ果て、売女《ばいた》と共に、己《おの》が保身のみを図《はか》ろうとする、女々《めめ》しき下《げ》郎《ろう》に、何がわかる！

**黒川**　…ふん……小幡、何とでもほざくがいい……

うぬに訊《き》きたいことは、ただひとつだ……これから、われらと同道《どうどう》して、言われるままに、おとなしく書状をしたため、「見聞録」をわれらの手元に届けさせるかどうか、ということだけだ。

…どうする？

**藤九郎**　……待ってくれ、黒川！……小染だけは、小染にだけは、手を出さないでくれ！

あいつには、何の関係もないことだ…そっとしておいてやってくれ！……頼む！

**黒川**　……われらの言うとおり「書く」というのだな？

**藤九郎**　……書く！……書くから、小染には決して手を出さぬと、誓ってくれ！

お願いだ！

**黒川**　……相《あい》わかった……

うぬの大切な情婦《いろ》には決して手を出さぬと誓おう…。われらも武士だ…二言《にごん》はない。
では、参ろうか……

黒川らに刃《やいば》を突きつけられたまま、一同と共に歩いてゆく藤九郎。

突然、松吉《まつきち》が暗闇から飛び出して、藤九郎に刃を突きつけている「黒川の配下」を突き飛ばす。

**松吉** 旦那様《だんな》！ お逃げ下さいまし！

別の黒川の配下「A」が、松吉の背後から斬りつける。袈裟懸《けさが》けに斬られて、倒れ込む松吉。

**黒川の配下A** …貴様《きさま》ーっ、下郎《げろう》の分際《ぶんざい》で！……（松吉に、とどめを刺そうと、さらに斬りつけようとする）

藤九郎、松吉をかばい、斬りつけてきた「黒川の配下A」を、思わず刺し殺す。

**藤九郎**　松吉ーっ！　逃げろーっ！

**黒川の配下B**　（刺し殺された仲間を見て、逆上し）……赤沢《あかざわ》！　……おのれ！　よくも……

**黒川の配下C**　……許さん……

**黒川**　……待て！　殺してはならん！　早まるな！……

逆上した黒川の配下たちが、黒川の制止を振り切って、次々と藤九郎に斬りかかる。

迎《むか》え撃《う》つ藤九郎。

烈《はげ》しい斬り合い。鋭い悲鳴。一人、二人と倒れる黒川の配下たち。

しかし、同時に、藤九郎も、随所《ずいしょ》に刀傷を受け血を流し、髪振《かみふ》り乱しながら闘い続ける。

ついに、数人の凶刃《きょうじん》に次々と胴体を突き刺され、力尽《つ》きて倒れる藤九郎。

突如、暗闇の中から、津田兵馬《つだひょうま》に率《ひき》いられた「南町奉行所」の捕《と》り方《かた》たちが登場する。

**津田**　革世天道社《かくせいてんどうしゃ》の者ども！　小幡藤九郎殺害並びに、お上《かみ》に仇《あだ》なす、不埒《ふらち》なる所業《しょぎょう》の企《くわだ》てありとの訴えによりて、全員、召《め》し捕《と》る！
神妙に縛《ばく》につけ！

**黒川の配下**　……い、……いったい、どうしたことです！　……なんで、奉行所の奴らが？

**黒川**　……ち、……なんてこった！　……はめられたんだ！
俺たちは、狭間主膳の奴に、まんまとはめられちまったんだ！　……ちくしょう！

**捕り方たち**　（一斉に）御用《ごよう》だ！……御用だ！……

必死に刀を振り回しながら、捕り方たちを振り切り、逃走してゆく黒川と配下たち。

**津田**　追えーっ！　一人《いちにん》たりとも逃《のが》すな！　追えーっ！（呼《よ》び子《こ》を吹き鳴らしながら、津田と捕《と》り方《かた》たちが追ってゆく）

静まり返った現場に倒れている藤九郎と松吉、そして黒川の配下三人。

誰もいなくなった様子をたしかめてから、重傷の松吉が、気力を振り絞《しぼ》ってゆっくりと立ち上がり、よろめきながら、主人の藤九郎のもとまで近づいてゆく。

**松吉** ……旦那《だんな》様！　……旦那様ーっ！

微《かす》かに目を開けて、松吉を見上げる藤九郎。主人の手をひしと握りしめる松吉。

**藤九郎** ……松、吉、……。……新八郎に、……新八郎に、……頼む！……（事《こと》切れる）

**松吉** ……旦那様！　……旦那様！　……う、……ううーっ……
……わかりやした……すぐ、すぐに、刈谷様に……

必死の形相《ぎょうそう》で立ち上がり、何かを思い切ったように、懸命《けんめい》に小走《こば》しりに去ってゆく松吉。

夜陰《やいん》から現われる、頭巾《ずきん》をかぶった犬飼源次郎と犬飼の小者《こもの》。

**犬飼**　気づかれぬように付《つ》けろ……奴の行き先をつきとめるんだ。

**小者**　……は……

## （13）第三場　夜半。刈谷家の一室（新八郎の部屋・舞台の上手《かみて》を使用）及び、刈谷家の門（門の内側と外側を含む・舞台の下手《しもて》を使用）

帰宅したばかりの刈谷新八郎が、自室に入り、行燈《あんどん》に火を灯《とも》す。
そこに、中間《ちゅうげん》の嘉助《かすけ》が、しっかりと梱包《こんぽう》された品物をもってきて、新八郎に手渡す。

**嘉助**　若《わか》、…夕方、小幡藤九郎様の使いの「松吉《まつきち》」と申される方《かた》が、若にぜひお渡しして頂きたいとの言《こと》づてで、かような品を置いてゆかれましたが、……お心当たりはございまするか？

**新八郎**　……なに？　藤九郎さんの使いで松吉が……。さようか……いや、ありがとう……大切なる品だ……。小幡さんは、俺がいつも世話をかけている塾の先輩で、立派な御仁《ごじん》だ……何も、案ずるには及ばぬ。嘉助、いつも済まんな……

**嘉助**　…いえ、どういたしまして……。それでは、たしかにお渡しいたしました。

（嘉助退場）

品物の梱包《こんぽう》を解《と》き、中の「見聞録《けんぶんろく》」と「手紙」と「金子《きんす》の包み」をひとつずつ取り出してから、一心《いっしん》に手紙を読み始める新八郎。

（………長英先生脱獄の手はずは、かくして整うて候《そうろう》。非人《ひにん》の栄蔵《えいぞう》に、金十一両《りょう》を手渡し、その引き換えに、機を見計《はか》らって伝馬町大牢《でんまちょうたいろう》に付《つ》け火《び》させる所存《しょぞん》にて、先生、牢抜けしたる後《のち》は、夜陰《やいん》に紛《まぎ》れて江戸御府内《ごふない》を逃《のが》れ出《い》で、中山道伝《なかせんどうづた》いに、上方《かみがた》へ落ち延《の》びるべく、算段《さんだん》いたしおり候《そうろう》………）

（………万が一《いっ》、それがし、非命《ひめい》のさだめにて、狭間・黒川・村上ら、社中の外道《げどう》どもの凶刃《きょうじん》に倒れし時は、何卒《なにとぞ》、この見聞録を、一刻も早く焼却《しょうきゃく》されたし、と切に希《ねが》いおり候《そうろう》………）

（………ただひとつ、心残りの儀《ぎ》は、それがしが幼馴染《おさななじ》みにて、固《かた》く末《すえ》を誓い合《お》うた仲のお里《さと》の事《こと》にて候《そうろう》……今は、吉原《よしわら》の遊女小染《こそめ》と申す者にて、かの者の身請《みう》けを済《す》ませ、ふたり相《あい》そろうて江戸を逃《のが》れ出《い》で、上方《かみがた》にて所帯《しょたい》もつ心づもりなれど……明日《あす》をも知れぬそれがしの身《み》にて、万が一《いっ》、希《ねが》いかなわず、はかなきさだめに散り候《そうら》わば、その節《せつ》は、小染の身請《みう》け金《きん》の一部として、それがしがこれまで貯《たくわ》え置《お》きし同封の金子《きんす》を、かの女子《おなご》のために、お役立《やくだ》て下《くだ》されたく、切に切に願い申し上げ候《そうろう》……かようの儀《ぎ》、貴殿《きでん》に託《たく》するは、まことに厚かましきことは、重々承知つかまつり候《そうら》えども、藤九郎今生《こんじょう》の唯一《ゆいいつ》の未練《みれん》にて、何卒《なにとぞ》、曲《ま》げて、ご承諾《しょうだく》下されたく、願い上げ奉《たてまつ》る次第《しだい》にて候《そうろう》……）

**新八郎**　……藤九郎さん……

（……貴殿《きでん》との付き合いは、二年にも満たぬ、浅き年月《としつき》なれども、それがしには、生涯忘れがたく、まことに愉《たの》しき日々にてござ候《そうろう》……河井月之介先生及び水明塾とのめぐり逢《あ》いは、高野長英先生共々、それがしにまことの覚醒《かくせい》を迫る生涯の一大事《いちだいじ》にして、摩訶《まか》不思議なる縁《えにし》の賜物《たまもの》にほかならず、怨恨《えんこん》と不信に由来《ゆらい》せし、久《ひさ》しき悪夢の呪縛《じゅばく》より、己《おの》が身《み》を解《と》き放《はな》ち、転生《てんせい》の緒《しょ》に就《つ》く、千載一遇《せんざいいちぐう》の契機となりし事《こと》……返すがえすも、霊妙《れいみょう》なる天道《てんどう》のはからいにて、畏怖《いふ》すべく、おごそかなる想いにて候《そうろう》……天保十四年　癸卯《みずのとう》　十一月十六日　小幡藤九郎　　刈谷新八郎様まいる）

……しばし、読み終わった手紙を手に握りしめたまま、座り込んで、放心《ほうしん》のさまにある新八郎。

……表戸を烈《はげ》しく叩《たた》く音。……ふっと、我《われ》に返る新八郎。

……間《ま》もなく、提灯《ちょうちん》を手にした中間《ちゅうげん》の嘉助《かすけ》が、門を開け、応対に出る。

**嘉助** ……へい、へい、ただいま……こんな夜更《よふ》けに、一体、どなた様で……

血まみれになった松吉が、門内に倒れ込んでくる。

**嘉助** ……お前さんは、先ほど訪《たず》ねて来られた松吉さんじゃあ……
一体、……一体どうなすった？……血、……血まみれじゃねえか！

**松吉** （瀕死《ひんし》のさまで嘉助にとりすがって）……新八郎様……どうか、新八郎様に火急《かきゅう》のお取《と》り次《つ》ぎを……

**新八郎**　……どうした？　嘉助……誰だ？　……松吉！　……松吉じゃねえか！　……どうした？　……藤九郎さんは？（松吉を抱き起こす）

**松吉**　……新八郎様……藤九郎様が、刺客《しかく》に襲われなすって、……助けようと思った、あっしをかばって、奴らと斬り合って、……うっ……

（苦痛のあまり、顔を歪《ゆが》め、断末魔《だんまつま》の状態にある松吉の耳もとで、必死に尋《たず》ねる新八郎）

**新八郎**　藤九郎さんは、どこで襲われたんだ？……どこに居るんだ！

**松吉**　（苦痛をこらえながら、最期《さいご》の渾身《こんしん》の力を振《ふ》り絞《しぼ》って）…両国広小路《りょうごくひろこうじ》を抜けて、浜町《はまちょう》にさしかかったところで、暗闇の中から賊《ぞく》が………（事切《こと》れる）

**新八郎**　……松吉ーっ！………

嘉助、済まん……松吉のこと、よしなに頼む……面倒《めんどう》をかけて済まぬが、父上・兄上にも申し上げて、お上《かみ》にも届け出て、なんとか手厚く葬《ほうむ》ってやってくれぬか……

俺は、これから、浜町まで、ひとっ走りしてくる！

**嘉助**　…へい、ようがすとも！

若《わか》、後《あと》のことはご心配なさらずに、心おきなく、おやんなっておくんなさい。

旦那《だんな》様、若旦那《わかだんな》様には、あっしの方から申し上げておきますから……

**新八郎**　…済まん、助かる、嘉助！

嘉助　ただし、くれぐれも御身《おんみ》を大事になさって下さいまし！
困ったことがあったら、いつでも、あっしに言っておくんなさいまし……及ばずながら、お力になりますから！
新八郎　…ああ、ありがとうよ！　……それじゃ、ひとっ走り行ってくるわ。
おっと、あれは、一応持っといた方がいいな……万一の事もある……

大急ぎで自室に引っ返して、両刀を差し、藤九郎からの「手紙」と「見聞録」と「金子《きんす》」を、懐《ふところ》と袂《たもと》に入れてから、屋敷を飛び出していく新八郎。

## (14) 第四場　浜町《はまちょう》の小幡藤九郎遭難《そうなん》の現場。夜半。雪が降っている。

一目散《いちもくさん》に走ってきた刈谷新八郎。藤九郎の死体の処《ところ》まで来る。
死体には、いくぶん、雪が降り積もっている。

新八郎　（冷たくなった藤九郎の亡骸《なきがら》を抱きかかえて）藤九郎さん！……藤九郎さん！
　俺だ……俺だ、新八郎だ！　……藤九郎さん！　頼む、目を開けてくれ……目を開けて
　……

そのまま、藤九郎の体を力いっぱい抱きしめて、すすり泣く新八郎。

突如、暗闇から、津田兵馬と南町奉行所の捕《と》り方《かた》たちが現われる。

津田　……刈谷新八郎、小幡藤九郎殺害の嫌疑《けんぎ》にて、捕縛《ほばく》いたす！……同道《どうどう》せよ！

新八郎　……なんだと、……ふざけたことをぬかすな！

俺は、今ここに来たばかりだ！　……てめえらこそ、藤九郎さんをこんな目に遭《あ》わせた外道《げどう》どもを引《ひ》っ捕《と》らえずに、今頃、こんなとこに、のこのこ現われやがって！

どこに、目ぇつけてやがるんだ！

津田　……問答無用だ、この場に居合《いあ》わせておるのが、何よりの証拠！

言《い》い訳《わけ》は、番屋《ばんや》でしてもらおう……四の五の言わずに、神妙に縛《ばく》につけ！

（捕り方たちが新八郎を取り囲み、からめ取ろうとする）

新八郎　……冗談じゃねえ、……ざけんな！

必死に捕り方たちとたたかいながら、その場から逃走する新八郎。

津田　……待てぇー！　逃《のが》してはならんぞーっ！（追いかける津田と捕り方たち）

誰もいなくなったところで、闇の中から現われる狭間主膳と犬飼源次郎。

二人とも、頭巾《ずきん》で顔を隠している。

**狭間**　……うかつであったの……まさか、あの若者が、小幡藤九郎と、かくも親しき間柄《あいだがら》であったとはの……

「見聞録」は、おそらく、あの刈谷の小倅《こせがれ》が預《あず》かっておったのじゃろう。考えたものよ……。一度、賊《ぞく》に入られて、警戒の厳しくなった旗本屋敷には、手が出しにくい……その隙《すき》をついて、藤九郎め、敢《あ》えて、新八郎に「見聞録」を託《たく》したものとみえる……うかつであった。

**犬飼**　……なに、新八郎めを首尾良《しゅびよ》く捕縛すれば、問題はござるまい……奴が「見聞録」のありかを知っている以上、入手は容易でござろう。

…で、新八郎の身柄《みがら》は、いかがいたしまする?

**狭間**　かわいそうだが、この際、消えてもらわねばなるまい……

**犬飼**　小幡藤九郎殺害の下手人の一人として、また、お上《かみ》に対して大それた謀反《むほん》をたくらんだ「乱心賊徒《らんしんぞくと》」の一味《いちみ》として、ですな?

**狭間**　…さよう……。刈谷新八郎はおそらく、小幡藤九郎から、「革世天道社《かくせいてんどうしゃ》」の内情も、首領であったわしの存在も、知らされておるであろう……

あの若者には、なにやら、つかまえどころのない、不敵《ふてき》な、そら恐ろしきものがある。

野放しにしておけば、将来に禍根《かこん》を残すことになるやもしれぬ……

かわいそうじゃが、危《あや》うき芽《め》は、今のうちに摘《つ》んでおくに越《こ》したことはない。

**犬飼**　……捕縛の後に、ひそかに始末《しまつ》してもよいのでござるな？

**狭間**　……うむ……その辺は、おぬしらの判断にゆだねる……

ただし、「見聞録」は、なんとしても手に入れたいものじゃ。

**犬飼**　……心得もうした……

**狭間**　黒川竜之進と奴の主な配下は現場に居《お》ったようじゃが、村上らは、居《お》らなかったようだの？

**犬飼**　ご懸念《けねん》には、及びもうさぬ。

村上喬平と過激派の残党どもが、黒川ら刺客《しかく》どもと落ち合うことになっている隠《かく》れ家《が》は、すでにつきとめ、包囲してござる。

黒川ら共々、今頃は、一網打尽《いちもうだじん》となっていることでござろう。

**狭間**　…さようか……いや、それならば、問題はない……ご苦労じゃった。

**犬飼**　……は……

（狭間と犬飼退場）

## （15）第五場　浅草《あさくさ》の河井月之介宅。夜半。

夜半まで起きて、書に目を通している月之介の書斎に、庭先から声がかかる。

**新八郎**　……先生、……河井先生、おられますか、刈谷新八郎でござる！

**月之介**　……新八郎か？　……かような夜更《よふ》けに、しかも、庭先からとは、一体、いかがいたした？

月之介、障子《しょうじ》を開けて、縁側に出る。

**新八郎**　……先生……小幡藤九郎殿が、今宵《こよい》、刺客《しかく》に襲われ、落命《らくめい》なされました。

**月之介**　……なんと！……

**新八郎**　……詳《くわ》しきいきさつは、藤九郎さんからそれがしのもとに届けられた、この書状《しょじょう》に記されてある通りにござります（月之介に書状を手渡す）……藤九郎さんの下男《げなん》の松吉《まつきち》が、先ほど、瀕死《ひんし》の重傷を負いながらも、かろうじて拙宅《せったく》まで辿《たど》り着き、浜町《はまちょう》の路上にて襲われた由《よし》を、それがしに告げてくれましたが、…松吉も、すでに力尽《つ》き、亡《な》くなりました……

**月之介**　……藤九郎を襲ったのは、何奴《なにやつ》じゃ？　……それで、おぬし、一体どうしたのだ？

**新八郎**　一切の事情は、その書状に記されてありますが、藤九郎さんは、狭間主膳・黒川竜之進・村上喬平らの主宰《しゅさい》する悪《あ》しき徒党の企《くわだ》てから抜けようとなされて、口封《くちふう》じのために殺害されたのでござる……

**月之介**　……しかし新八郎、おぬしは、一体、いかなる関わりをもったのじゃ？　なにゆえ、追われるように、かような夜更《よふ》け時《どき》に、密《ひそ》かにわが庭先に転《ころ》がり込んでまいったのじゃ？

**新八郎**　…先生、それがしは、この件に、何の関わりもござらぬ……それは、お信じになって下さい……ただ、夕刻に拙宅に届けられていた、藤九郎さんからのこの書状を読み、また先ほど、松吉からの危急《ききゅう》の知らせを聞いて、取り急ぎ、襲撃の現場に駆《か》けつけたまでのこと……

それがしが駆けつけた時は、すでに、藤九郎さんは息絶えて、冷たくなっておられたのですが、その時いきなり、奉行所の役人どもが、あらかじめ待ちかまえていたかのように現われ、理不尽にも、それがしを、藤九郎さん殺害の下手人《げしゅにん》として、問答無用でひっくくろうとしたのでござる。

**月之介**　……ふむ……それは、奇《き》っ怪《かい》なことじゃの……で、その方《ほう》は、役人どもの手を振り切って、その場から逃げ去ってまいったのじゃな？

**新八郎**　さようでござる……奴らの口ぶりからいって、こんな所で捕《つか》まったら、間違いなく、それがしは、殺害の下手人に仕立てられてしまうと、直覚的にそう思ったのです。

**月之介**　うむ……賢明なとっさの判断だ……たしかに、奉行所の者どもの動きは解《げ》せぬ……明らかに、手回しがよすぎる……罠《わな》の匂いがするの……

**新八郎**　……はい……

**月之介**　…おぬしは、仕《し》掛《か》けられたのだ……いかなるカラクリがあるのか、まだわしにもわからんが、「狭間主膳」という男が一枚かんでいるとなれば、「奉行所」や「目付方《めつけかた》」も、裏で、悪党どもとつながっておるのやもしれぬ。
なにせ、政《まつりごと》や、大がかりな利権がらみの世界というものは、われらの思いもよらぬような、薄汚い〈謀《はか》り事《ごと》〉の網が、幾重《いくえ》にも張りめぐらされてあるものだからの……
とにかく新八郎、おぬしは、今の状況では、このまま刈谷家に戻ることはできぬぞ。捕《つか》まったら、まず間違いなく、殺害の下手人に仕立てられ、処刑されよう……

新八郎　……先生……それがしは、どうしたらよいのです？
月之介　…とにかく、「捕まらぬこと」が、何より肝要《かんよう》じゃ……
　追っ手の捕《と》り方《かた》どもはどうした？
新八郎　それがし、夜陰《やいん》に紛《まぎ》れて、両国橋界隈《かいわい》から浅草《あさくさ》に入り、無我夢中であちこちの路地《ろじ》を走り回ったあげく、物陰に隠れて「捕り方」をやり過ごし、なんとかここまで辿《たど》り着きました。
月之介　…しかし、こうしている内にも、刻一刻と、「浅草」一帯に捜索《そうさく》の網の目が張りめぐらされているやもしれぬ……猶予《ゆうよ》はならんの………
　よし、新八郎、おぬしこれより、この家の庭の裏手《うらて》より続く田畑を抜け、夜陰《やいん》に紛《まぎ》れて、日本堤《にほんづつみ》に沿《そ》って、東の「大川《おおかわ》」に向かえ。
　なんとか捕り方の目をかわし、「吾妻橋《あづまばし》」を渡って「本所《ほんじょ》」に入るのじゃ……わかるな？
新八郎　はい、わかりまする……
月之介　無事、吾妻橋を越えられたら、「本所・柳島《やなぎしま》」に住む常磐津《ときわづ》の師匠・音羽《おとわ》殿を訪《たず》ねるのだ！……必ず、おぬしをかくまってくれるし、力になってくれる！
　今、住まいを記すゆえ、しばし待て。

新八郎　はい……

月之介、書斎に戻って、大急ぎで紙に音羽の住所を記し、新八郎に手渡す。

月之介　これを持ってゆけ。吾妻橋を渡って本所に入ったら、どこぞの家の戸を叩いて、「夜分相済《やぶんあいす》まぬが、危急《ききゅう》の用にて」と断った上で、この場所を尋《たず》ねるのだ。
よいな！

新八郎　はい、ありがとうございます……

月之介　……先生、…実は、もうひとつ、お願いがあるのですが……

月之介　なんじゃ？　遠慮など要《い》らぬ、何でも申すがよい。

新八郎　…は……実は、それがしが、書状と共に藤九郎さんから預《あず》かった品が、ここにあるのです……。（懐中《かいちゅう》と袂《たもと》から、品々を取り出して、月之介に手渡す）
ひとつは、その書状にも記されてある「見聞録」です。
もうひとつは、「金子《きんす》」です。この金子は、藤九郎さんの幼なじみで、吉原の遊女の、小染と申す女子《おなご》の「身請《みう》け」のためにつくられた金だそうです……小染さんは、藤九郎さんと固く末を誓い合《お》うた仲の、大切な人でした……

月之介　……うむ……

新八郎　藤九郎さんは、自分に万が一の事が起こった時には、この金子《きんす》を、小染さんのために役立ててほしいと言い残してゆかれました……

「見聞録」の方は、一刻も早く、焼き捨ててほしいとのことでした。

重ねがさね、先生にご迷惑をおかけいたし、心苦しいのですが、それがしが、かような憂《う》き目《め》に遭《お》うた以上、この藤九郎さんのご遺志《いし》は、先生に受け継いでいただくしかありません。

月之介　…うむ、たしかに承知した…何も心配せずともよい、すべて、わしにまかせておけ！

新八郎　…それと、あとひとつ、藤九郎さんの亡骸《なきがら》が、浜町の現場にあります……

もう、奉行所の連中が、番屋《ばんや》に運び去ったと思われますが、なんとか、無縁仏《むえんぼとけ》とせずに、手厚く葬《ほうむ》ってあげたいのです……

月之介　相《あい》わかった……わしが、亡骸《なきがら》を引き取れるよう、掛《か》け合ってみよう…何も懸念《けねん》いたすな……

とにかく、おぬしは、今は己《おの》れのことだけを考え、全力を尽《つ》くして、己《おの》が身《み》を守れ！

よいな！

新八郎　…はい……ありがとうございまする……

月之介　…一刻も猶予《ゆうよ》はならん……早く行け！
　音羽さんには、私の方《ほう》からも、至急《しきゅう》つなぎを取っておく……必ず、無事に辿《たど》り着けよ！

新八郎　……はい……
　お京さんに一目お会いしとうござったが、……よしなにお伝え下され！……

月之介　ああ、心配いたすな……早く行け！

新八郎　……では、おさらばでござる！……ご免《めん》！

**（庭から、裏手の闇の中に消える新八郎）**

月之介　（縁側の廊下《ろうか》から、下男《げなん》を呼ぶ）五兵衛《ごへえ》さん、五兵衛さん！

五兵衛　……へい、旦那様《だんなさま》、いかがいたしやした？

月之介　こんな夜更《よふ》けで相済《あいす》まぬが、わしがこれからしたためる「走り書き」を持って、大至急《だいしきゅう》、「本所《ほんじょ》・柳島《やなぎしま》」の音羽姐《おとわねえ》さんのもとに飛んでくれ！
　夜中《やちゅう》にたたき起こして済まねえが、源さんとこの「馬」を借りて、そいつで走れるとこまで走って、一刻も早く、姐《ねえ》さんにつなぎを取ってくれ！

五兵衛　…へい、承知いたしやした！

月之介　途中で、「捕《と》り物《もの》」のために網を張ってる奉行所の連中がいるかもしれねえが、「お袋《ふくろ》が危急の病で、かかりつけの医者を呼びに行く」とか何とか言いつくろって、くぐり抜けちまえ！……できるかい？

五兵衛　…へい、まかしておくんなさい……あっしも、音羽姐《ねえ》さんのとこで、いろいろお世話になってきた身です……朝メシ前でさぁ！

月之介　…こいつぁ、頼もしいや！……さすが、元・音羽一家《おとわいっか》の身内《みうち》の「疾風《はやて》の五兵衛《ごへえ》」さんだ！

…じゃ、ちょっくら待ってくれ、すぐ一筆《いっぴつ》したためるから！　……あ、それから、秋江とお京が目を覚ましてるかもしれん…済まぬが、何も案《あん》ずることはないゆえ、安心して眠るよう、ひと言、おぬしから言っておいてくれぬか。

五兵衛　へい！　承知いたしやした……

（五兵衛退場）

机に向かって走り書きをしたためる月之介。

## （16）第六場　大川《おおかわ》にかかった吾妻橋《あづまばし》のたもと。夜半。

浅草《あさくさ》から本所《ほんじょ》に抜けようと、急ぎ足で吾妻橋のたもとにやって来た刈谷新八郎。

橋を途中まで渡りかけた新八郎の前後から、あらかじめ網を張って待ちかまえていた、津田兵馬と町奉行所の捕《と》り方《かた》たちが、挟《はさ》み打ちにする。


**津田**　……刈谷新八郎、待っていたぞ！

両国橋界隈《かいわい》にいったんわれらの目を引きつけておいて、密《ひそ》かに、北の吾妻橋から本所に渡り、潜伏《せんぷく》せんとする算段《さんだん》であろうが、……そうは、問屋《とんや》が卸《おろ》さんぞ！

われら南町奉行所の網の目を甘く見るな！　……もはや袋のネズミだ、逃《のが》れる術《すべ》はない！

観念して、縛《ばく》につけ！

刀を抜き、生け捕《いど》ろうとする「捕り方」たちを追い払いつつ、懸命《けんめい》にたたかう新八郎。

津田兵馬も刀を抜き、隙《すき》を衝いて、背後から新八郎に斬りかかる。

左腕を斬られる新八郎。

**新八郎** ……うっ……卑怯者《ひきょうもの》め！……

さらに勢い込んで斬りかかる津田の刃《やいば》を、ほとんど右手だけでかろうじて受け止めて、防戦する新八郎。

追いつめられ、欄干《らんかん》に体を押しつけられる新八郎。のしかかり、新八郎を押さえ込もうとする津田。

**津田** （捕り方たちの方を一瞬振り返りながら）今だ！……こやつを生け捕《いど》りにせい！

一瞬できた隙《すき》を衝《つ》いて、渾身《こんしん》の力を振り絞《しぼ》って津田兵馬を蹴《け》り上げ、突き飛ばす新八郎。

吹っ飛んだ津田。

捕り方たちの注意が一瞬、倒れ込んだ津田に向いた隙に、欄干《らんかん》に上《のぼ》り、思い切って大川《おおかわ》に飛び込む新八郎。

**津田**　（欄干から、下の流れをみつめながら）……しまった！　……くそ、橋の下に回れ！　流れに沿って捜すんだ！　急がんか！……くそーっ！……

# 第十幕　転生

## ⒄ 第一場　天保十四年（一八四三）・真冬〔陰暦・十一月〕

本所《ほんじょ》・柳島《やなぎしま》にある音羽《おとわ》の隠《かく》れ家《が》（土蔵《どぞう》）の中。

闇の中に、蝋燭《ろうそく》の灯《あか》りが浮かび上がっている。

土蔵の中に、傷の手当てをされて横たわっている刈谷新八郎。

真冬の寒さが厳しいので、部屋には、暖《だん》をとるための炭火《すみび》が燃えている。

新八郎のほかには、職人風の身なりをした「猿《ましら》の吉兵衛《きちべえ》」だけが居て、黙々と手仕事をしている。


気を失っていた新八郎が、ふと目を覚ます。

**新八郎**　……（自分がどこにいるのか、さだかでなく、周《まわ》りを見回し、怪訝《けげん》な表情に）
（床《とこ》から起き上がろうとして）……うっ！……（痛みで顔を歪《ゆが》め、再び床に横たわる）

吉兵衛　……おや、お気がつかれなすったね……ああ！　起き上がっちゃいけねえ！　傷にさわる！……
新八郎　……ここは？……一体、……俺はどうして？……
吉兵衛　（にっこり微笑《ほほえ》みかけながら）……お侍《さむらい》さん……お前さん、深傷《ふかで》を負って大川《おおかわ》に落ちなすった後《あと》、気を失ったまま流されちまったんでさぁ……
幸い、あらかじめ、あっしが舟を出して見張っていたんで、お前さんが落ちた後《あと》、すぐに漕《こ》ぎ出して、拾《ひろ》い上げることができたって訳《わけ》で……
……後《あと》は、手配《てはい》通りに、気を失ったお前さんを、この土蔵《どぞう》の中まで運び込んだってわけだ……さすが、音羽姐《おとわねえ》さんの段取りに狂いはねえ！……
新八郎　……すると、ここは……
吉兵衛　本所《ほんじょ》・柳島《やなぎしま》にある、「音羽《おとわ》の元締《もとじめ》」の隠《かく》れ家《が》さ……

闇の中から、おもむろに、「音羽」とその配下《はいか》「望月伊織《もちづきいおり》」「伊吹佐平太《いぶきさへいた》」が登場。

伊織が提灯《ちょうちん》を持っている。

配下のふたりは、共に浪人者の風体《ふうてい》で、望月伊織は中肉中背、眼光の鋭い、精悍《せいかん》な表情をしており、伊吹佐平太は、対照的に目元涼《めもとすず》しく、大柄《おおがら》な侍である。

音羽　……気がついたようだね、傷は痛むかい？

新八郎　……あなたは？

伊織　……音羽《おとわ》の元締《もとじめ》だ……。われらは、その配下《はいか》で、拙者《せっしゃ》は望月伊織、こちらは、伊吹佐平太……

吉兵衛　……あっしは、猿《ましら》の吉兵衛《きちべえ》でさぁ……お見知りおきを……

音羽　……ホホホ……狐《きつね》につままれたような貌《かお》をしているね（笑）、無理もないけど……刈谷新八郎さん、お前さんのことは、河井月之介様から詳《くわ》しく聞いて、よく存じ上げてますよ……

新八郎　……先生から？……

音羽　……一体、どんな関係かって、怪訝《けげん》そうな貌《かお》をしてるね（笑）。月之介様は、あたしの「いい人」さ……つまり、あたいの「ダンナ」ってわけ（笑）。

新八郎　……え？

音羽　……おや、おや（笑）……この坊や、ますます狐につままれちまったようだね（笑）。

佐平太　……無理もねえ（笑）……元締、ウブな坊やにゃ、まだわかりっこねえ……この世の色事《いろごと》の底知れぬ深みなんざぁ……（笑）。

**伊織**　……いや、まったくの（笑）。

**音羽**　……オホホ……そうだね、……まだ、ムツカシイよねーっ（笑）。
　新八郎さん、あたいは、常磐津《ときわづ》の師匠《ししょう》・音羽……世間様に通ってる表向きの渡世《とせい》の貌《かお》は
ね……

**新八郎**　……表向きの貌《かお》？……

**音羽**　…そう、〈表〉の貌は、あくまでも「常磐津の師匠」……三味線《しゃみせん》の語り聞かせが商売
さ……
　でも、〈裏〉の貌は違う…

**新八郎**　……裏の貌って？

**伊織**　この大江戸の〈闇〉の世界を取り仕切る、世間師《せけんし》の元締《もとじめ》・音羽の姐御《あねご》さ。

**新八郎**　……世間師？……

**音羽**　…新八郎さん、このお江戸にはね、…いや、この世にはね、目に視《み》える白昼《はくちゅう》の〈表〉
の世界とはまるっきり違った、もうひとつの〈闇〉の世界というものがあるんですよ……
あたしは、あたしたちはね、その、「もうひとつのこの世」を生きる種族《しゅぞく》なんですよ
……ここにいる三人もね。……そして、月之介様も、それから実は……新八郎さん、あん
たもね……

新八郎　……俺も？……

音羽　……そう……

その「もうひとつのこの世」を生きる、〈闇〉の住人たちにはね、……「世のしきたり」って奴も、「肩書《かたが》き」も、「カネ」すらも、もちろん「学《がく》」って奴も、実は、何の意味ももたねえのさ……

親兄弟や世間様が強いてくる、義理の〈しがらみ〉って奴も、本当は、どうだっていい。そんなものは、どれもこれも、人の生きざまをギリギリのところで支えてくれる心棒でも何でもありゃしねえ……

たしかに「カネ」は、生きていくのに必要だし、大切なものだ。

だが、人が生きていくのは、カネのためなんかじゃねえ。

「カネ」ってのは、たった一度の生涯を、その人らしく、自然に、ひたむきに生き抜いてゆく中で、働いてゆく中で、自《おの》ずと、〈結果〉として生み出されていくものだし、そうあるべきだって、あたしは思ってるんだ……

新八郎　……はい……

音羽　ところが、今の世間様にまかり通っている〈世の通念〉って奴は、そうじゃねえ。

本来、人が、その人らしい生きざまを貫《つらぬ》き、その人なりの幸せをつかみとるための、つつましい助けとなるべき「世の習《なら》わし」や「義理」や「カネ」や「肩書き」や「学」って奴が、逆に、人の鼻面《はなづら》を引きずり回し、人の自然な〈性《さが》〉を抑《おさ》えつけ、人の幸せを踏《ふ》みにじってやまないんだ……本末転倒《ほんまつてんとう》も、はなはだしいんだよ。

**新八郎**　……はい、……わかります、身《み》にしみて……

**音羽**　哀しいことに、……本当に哀しいことに、それが、今の世の、世間様のあるがままの姿なんだ。

あたしたちは、ここにいる、あたしたち音羽一家の四人は、そんな世間様の〈外〉で、〈人外《じんがい》の世〉で、息をしているんですよ。

でも、月之介様は、あたいらと同じ〈闇〉の世界の住人だ。

たとえ、これまで、あたいらの生きてきた日陰者《ひかげもの》の裏街道《うらかいどう》の浮《う》き世《よ》とは違う、お天道様《てんとうさま》を拝《おが》める、まっとうな娑婆《しゃば》世界を渡ってこられたように視《み》えたとしても。

そして、新八郎さん、あんたも、これからは、あたいらの〈お仲間〉になられるに違いない。

**新八郎**　……おいらもですか?

**音羽**　……そう……

月之介様は、そのことがわかっておられたからこそ、あたしに、あなたのことを託されたのですよ。

**新八郎**　……先生が……

音羽殿！……俺は、……うっ！……（痛みで顔を歪《ゆが》める）

**吉兵衛**　……おっと！　若い衆《しゅ》、起き上がっちゃいけねえって言っただろ！　傷にさわる！

**新八郎**　（起き上がろうとして）大丈夫《だいじょうぶ》です！……うっ！……

**吉兵衛**　（新八郎の傍《そば》に寄って、体を支えながら音羽の方《ほう》を振り向いて）元締《もとじめ》！……

**音羽**　……大丈夫だよ！　……吉《き》っつぁん、この坊やが起き上がれるように、手伝ってやんな！

吉兵衛に支えられながら、床《とこ》の上に上半身を起き上がらせる新八郎。

**音羽**　（手もとの綿入《わたい》れの着物を吉兵衛に差し出して）これを、坊やの背中にはおらせてやりな！

ようやく上半身を起こして、落ち着いた姿勢になった新八郎の背に、吉兵衛が綿入れをはおらせてやる。

**新八郎**　……音羽殿！　……俺は、……俺は、〈侍《さむらい》〉を捨てねばならぬ、ということですか！……刈谷の家も！……

これまでの、この世の一切の絆を断ち切らねば、生きられぬ、ということですか！

**音羽**　ホホホ……そう思いつめることはござんせんよ……（笑）。

でもね、新八郎さん……お前さんは、思い切って大川《おおかわ》に飛び込んだあの時、一度《ひとたび》は死んだんだ……旧《ふる》い〈お前さん〉は、死んじまったのさ！

この土蔵《どぞう》の中で甦《よみがえ》ったお前さんは、もう昔のお前さんじゃない……死んで生まれ変わった、もうひとりのお前さんだ。

この世の一切の〈係累《けいるい》〉とも、世間の一切の〈しがらみ〉とも無縁の、俗世の〈汚《けが》れ〉をきれいさっぱり洗い清めて暗黒の〈胎蔵界《たいぞうかい》〉の中から生まれ出た、ひとりの〈裸《はだか》の人間〉なんだ！　……目に視《み》える白昼の浮《う》き世《よ》を超えて息づく、もうひとつの、目には視えない〈闇〉の世を生きる者だ。

その闇のいのちは、お前さんの魂の〈へその緒《お》〉と、ちゃーんとつながってる！「生みの親」なんぞより、もっともっと深い絆でお前さんとつながり、つねにお前さんを見守り、お前さんに〈生きる力〉を与えてくれるんだ！

その闇の世界には、目には視えない、透《す》きとおった〈いのちの水〉が、音もなく流れている……
その〈闇の水脈〉に触れることができ、その〈いのちの水〉に包まれながら生き抜くことができるなら、あたしたち〈闇の一族〉は、何度でも蘇《よみがえ》ることができるんだ！
たとえ、目に視える白昼のこの世がどれほど醜《みにく》く、どれほど、おぞましい悪霊《あくりょう》どもが跳梁《ちょうりょう》しようとも、闇の水脈から〈いのちの火〉を汲み上《く》げることさえできるなら、あたしたちは、その〈火〉に守られて生き抜いてゆけるんだ……

**新八郎**　（涙ぐみながら）……音羽さん、………俺、俺は………
**音羽**　……お前さんは、もう「旗本」の、「お侍」の刈谷新八郎じゃない！
……闇の世界の住人として、生まれ変わったんだ……あたいら「音羽一家《おとわいっか》」の身内《みうち》になったんだよ！

**佐平太**　この際、名も、新八郎じゃなく、思い切って変えてしまうがよかろう、「髪型《かみがた》」も「出で立ち《いでたち》」もの。
おぬしの「姓名《せいめい》」は、もはや、〈昼〉の俗世においては、人相書《にんそうがき》と共に、お手配《てはい》の回ったものとなってしもうたのだからの。

**音羽**　そうだね、侍を捨てて〈町人〉の姿になった方がいい。
名も、「新吉《しんきち》」と変えちまいいな！

**吉兵衛**　……「音羽一家の新吉」か……ようがすねぇ（笑）……若々しくっていい……

そうなりゃ…新八郎さん、「音羽さん」とか「音羽殿」はいけねえ………これからは、

きちんと「音羽の元締」って、お呼びしな。

**音羽**　ホホホ、「姐《あね》さん」で、かまやしないよ！（笑）

**伊織**　元締（笑）…なんだか、わけがわからねぇうちに「新吉」にさせられちまって、この

坊や、まだ、狐につままれたような貌《かお》が取れねえで、困っちまってるようなんだが（笑）。

**吉兵衛**　無理もねえや（笑）……安心しな、お若《わけ》えの……元締は、ケジメだけはきちんとつ

けるが、それぁ、お優《やさ》しいお人だ……望月さんも、伊吹さんも、ちょっと見には、怖《こえ》え

お人に見えるが、……二人とも、色々とご苦労なされて、いろんなことがおありなすっ

て、ここまで流れ着いてきたお方《かた》たちだ……人の世の、酸《す》いも甘いも、地獄も極楽《ごくらく》も、よ

く知り尽《つ》くされて……、情《なさけ》をわきまえなさった、またとねえような、いいお侍さんたちさ

……何も、案《あん》ずるには及ばねぇ。

**伊織**　……おい、おい、吉兵衛……「怖《こえ》え」は、ねぇだろ（笑）。

**音羽**　ホホホ……新八郎さん、いや、新吉さん、……そう、「新さん」がいいね！

新さん、安心おし、じきに馴《な》れるよ（笑）……今は、とにかく、何も考えずに養生《ようじょう》して、

一日も早く傷を治《なお》しな。

**伊織**　（にっこりしながら）新さん、ひとつこれから、宜《よろ》しくの。俺のことは、「望月さん」か「伊織《いおり》さん」でいい……「望月のダンナ」なんて呼ばれることもあるが、こそばゆくっていけねえ（笑）。

**佐平太**　宜《よろ》しく、お頼み申す、新吉殿（笑）。拙者《せっしゃ》のことも、「伊吹さん」でいい。

**吉兵衛**　あっしのことは、皆さんから、「吉兵衛」とか「吉《き》っつぁん」とか呼ばれていますんで、新さん、ひとつ宜《よろ》しく頼みます……（笑）。

**新八郎**　……はい（笑）……ひとつ、おうかがいしてよろしいですか？

**音羽**　ああ、なんだってお聞きよ。

考えてみりゃ、あたしらの身内《みうち》についても、あたしらがやってる仕事についても、まだ何ひとつお前さんには、話していなかったね（笑）。

**伊織**　……そうですぜ（笑）……元締ったら、一人で、気炎《きえん》上げて、舞い上がっちまうんだから……（笑）。

**佐平太**　いや、まったく（笑）。

**吉兵衛**　ほんとでさぁ（笑）……若い衆《しゅ》が、狐につままれっぱなしなのも、無理はねえ（笑）。

**音羽**　……ほんとだね（笑）……

いや、月之介様から色々、この人のこと聞かされてたもんだから、なんだか昔っから知っていたような、なつかしい気がしちまって、……あたしとしたことが、ついつい、柄《がら》にもなく気炎上げちまったね！　……ああ、急に照《て》れ臭《くさ》くなっちまったよ（笑）。

**伊織**　どうせ、この若い衆に、月之介殿の若い時分の面影《おもかげ》でも重ね合わせておられたのでござろう（笑）……いや、妬《や》けること、妬けること（笑）。

**音羽**　いやだよ、からかっちゃ（笑）……

それはそうと、新さん、何から、お前さんに話そうかね？

何か聞きたいことがあれば、そこから話すとしようか？

**新八郎**　……ええ……たしか、先ほど、音羽の元締のことを、「世間師《せけんし》」の元締とおっしゃっておられましたが……

**伊織**　ああ、大江戸の闇の世界を取り仕切る、世間師の元締と……

**新八郎**　……「世間師」とは、一体なんですか？

**音羽**　新さん、お前さんも今はそうなっちまったけど、この世には、脛《すね》に傷もつ、人生の裏街道《うらかいどう》を行くほかはない、名も無き者たちが、いたる処《ところ》にいる……

「島帰り」のような前科者《ぜんかもの》は言うに及ばず、さまざまな因業《いんごう》なめぐり合わせによって、いや応もなく、まっとうな世間様って奴からつまはじきにされ、〈身の置き所〉をなくしちまった者、さらには、お前さんのように、理不尽ないきさつで手配書《てはいしょ》の回っちまった者など……そりゃ、色々さ。

あの、地獄の天保の大飢饉の折には、一揆《いっき》の指導者になったり、藩政の改革を図《はか》ろうとして、弾圧の憂《う》き目《め》に遭《あ》い、逃亡の暮らしを余儀《よぎ》なくされちまった者もいる。

ここに居る「望月伊織」さんは、元・大坂西町奉行所の同心《どうしん》で、大塩の乱の残党さ……あたいの昔の亭主と同じく、大塩平八郎様の「洗心洞《せんしんどう》」の塾生だった人でね。

**伊織**　おゆき殿……いや、音羽姐《ねえ》さんへの報われぬ片想いのあげく、とうとう、元締の〈用心棒〉になっちまったってわけさね（笑）。

**音羽**　こちらの「伊吹佐平太」さんは、元「美濃岩村藩《みのいわむら》」のお侍だったんだが、藩政を牛耳《ぎゅうじ》る非道な奴らの謀《はか》り事《ごと》に巻き込まれ、不義密通《ふぎみっつう》の咎《とが》を着せられて、脱藩《だっぱん》に追い込まれちまったんだ……

執拗《しつよう》な追っ手の目を逃《のが》れながら諸国を遍歴《へんれき》し、江戸に流れ着いてからも、色々と言うにいわれぬご苦労をなされてきたんだが、今じゃ、あたいらの良き相談役さ……聡明《そうめい》なお方《かた》だ。新さんにも、色々と教えてくれるよ、きっと……

**伊織**　…うむ……伊吹さんは、「音羽一家」の中でも、最も頼りになる知恵袋で、まさに元締の「片腕」の名にふさわしい。

**佐平太**　いや、とんでもない、お恥ずかしき次第《しだい》……
拙者は、ただ、ただ、悔《く》いばかり残る、恥多き過《あやま》ちの繰り返しの生涯を送ってきたまでのこと……その貧しき痛手《いたで》の中から、いささかの苦《にが》い教訓を求め得てきただけでござるよ……

伊織さんのような、突き抜けた、爽《さわ》やかな境地には、いまだ遠く及ばぬ未熟者だ。

**伊織**　……いや、いや、伊吹さんにそんなふうに言われちまったら、こちとらかえって立つ瀬がねぇ……俺はまったくいい加減な男で、何事も、思いつめ過ぎることのないよう、息を抜く術《すべ》を、俺なりに会得《えとく》してきたまでのこと……なにせ、「軽い」のが身上《しんじょう》の上方《かみがた》育ちだからの（笑）。

**音羽**　…とか、なんとか言って、……こう見えても、伊織さんは、けっこう根は生真面目《きまじめ》な人なんだよ（笑）……

なにせ、汚《きた》ねえ奴や、性根《しょうね》がねじ曲がった甘ったれが大嫌いな、一本、筋の通ったお人なんだ……あたいも、ほんとは摂津《せっつ》の出《で》で上方《かみがた》育ちだけど、ホンマもんの良く出来た上方者《かみがたもん》は、どんなつらいことも思いつめ過ぎず、己《おの》れをアホにしながら、軽く笑い飛ばして受け流していく一方で、人生の酸いも甘いもじっくりとかみしめて、味わい、情《なさけ》の深さってもんを、きちんとわきまえているんだ。

この望月伊織さんは、そういう、得がたい上方者の一人なんだよ（笑）。腕っぷしも一流さ……京の都に居た時、剣の修行に烈しく打ち込んだことがあってね。あの伝説の剣豪・塚原卜伝《つかはらぼくでん》の流れを汲む「新当流《しんとうりゅう》」の使い手さ。

**新八郎**　…長らく、京の都におられたのですか？

**伊織**　…ああ……俺は、元々は、京都町奉行所に勤めていたんだ。後《のち》に、大坂に配属されて、「西町奉行所」の同心になったのだが……

**音羽**　望月さんは、下々《しもじも》の者たちに名奉行と評判の高かった、大坂西町奉行・矢部駿河守《やべするがのかみ》様に可愛《かわい》がられ、その下で懸命《けんめい》に働いていたんだ……矢部様は、大塩の乱の起こる前年の天保七年に勘定奉行になられて、江戸にお帰りになったんだが、それまで、条理を尽《つ》くした、優《すぐ》れた政《まつりごと》をなさっておられた……天保四年の飢饉の時には、大塩平八郎様にも、色々と対策のご相談をなされ、被害を最小限に食い止める、行き届いたご配慮をなすった。大坂への米の集荷量を増やし、堂島《どうじま》の「米市場《いちば》」への投機《とうき》を禁じ、大坂市中の豪商たちに穀物やカネを出させ、暮らしの成り立たない貧民には、蓄《たくわ》えてあった食糧を、無償《むしょう》でお配《くば》りになられたんだ……

**伊織**　…いかにも……。しかし、矢部様が江戸へお帰りになる時、入れ代わりに赴任《ふにん》してきた大坂東町奉行・跡部山城守《あとべやましろのかみ》の飢饉対策は、ひどいもんだった……まさに、外道《げどう》の所業《しょぎょう》というほかはなかった……大塩の乱は、この跡部のやり口が直接のきっかけとなって起こったのだ。

**音羽**　江戸に帰られた矢部駿河守様も、勘定奉行として、薄汚い悪徳の商人《あきんど》や私利私欲を図る役人どもとの熾烈《しれつ》な闘いをくり広げられたあげく、鳥居甲斐守と対立して、とうとう罷《ひ》免《めん》に追い込まれ、失脚《しっきゃく》なさってしまわれた……

**伊織**　…この俺も、まったく、一時《いっとき》は、神も仏もねえもんだって、己《おの》が人生も、この世も、呪いまくっていたもんさ……

　大塩の残党としてぶざまな生き恥をさらし、死に場所を求めながらも得られず、生ける屍《しかばね》のようにさまよって、すさみ切っていた俺を救ってくれたのが、今は音羽姐《ねえ》さんと呼ばれる「おゆき殿」との再会であり、また、伊吹さんとの出逢いだった……

　俺は、おふたりとめぐり逢うことで、初めて、人の世の真実というものを、……生身の体をはって生きている男や女の、本当の哀しみや歓びの姿というものを知ることになった。

　昔、洗心洞で学びながらも、本当は何一つ視えてはいなかった、この世のもうひとつの、目には視えぬ真実《まこと》のいのちの営みというものに、少しずつ目を開かされてきたのだ……

　音羽の元締が、なにゆえ、かくも久しき歳月にわたって、河井月之介殿を一途《いちず》にお慕《した》いなさってこられたか……少しずつ、この俺にもわかってきた……男としては、くやしいことだがの（笑）。

**新八郎**　月之介先生とは、お知り合いであられたのですか？

**伊織**　大坂の洗心洞時代も、彼が京の都に移ってからも、親しく付き合《お》うてきた……京都で、月之介殿が御内儀《ないぎ》と娘御《むすめご》を連れて身を寄せられたのは、それがしの縁者《えんじゃ》の家であったしの。

もっとも、それも「天保六年」までのことで、彼が京を離れて江戸に赴《おもむ》いてからは、杳《よう》として消息《しょうそく》は途絶《とだ》えた……拙者は、大塩殿や洗心洞のご門弟衆と共に、蜂起《ほうき》の企《くわだ》てにのめり込んでいき、月之介殿とわれらの道は、完全に岐《わか》れ岐れとなってしまったのだ。

**音羽**　……そうだったね……

**伊織**　あの二年間の京都時代に、月之介殿は、なにを思われたのか、伊藤仁斎《いとうじんさい》殿の学統を受け継ぐ、都でも名うての私塾、堀河《ほりかわ》の「古義堂《こぎどう》」で学ばれていた。

彼がなにゆえ、政治的・道義的な理想を追い求める大塩平八郎殿の陽明学から一時《いっとき》遠ざかり、敢《あ》えて、地道《じみち》な、市井《しせい》に生きる普通の人々の、日常的な実感をふまえた道徳を重んずる「古学《こがく》」を学ばれようとされたのか？

あの頃の拙者には、全く解《げ》せなかった……

なにせ、われらが久しき年月《としつき》にわたって抱《かか》え込んできた、この世の理不尽な仕組《しくみ》と生きることの苛酷さへの、やり場のない哀しみや憤《いきどお》り、不遇感というものは、とうてい、結構なご身分の、金持ちの町人どもの要求に支えられた、穏健《おんけん》な伊藤仁斎流の古学などによって癒《いや》されるようなものではなかったからだ。

その疑問が解消され、あの時の月之介殿のお気持が、ようやく少しずつ身に沁《し》みてわかるようになったのは、音羽の元締や伊吹さんと出逢ってから後《のち》のことだった。

**音羽**　……そうだったね、伊織さん、……よくわかるよ……

でもね、今だって、月之介様は、本当は、伊藤仁斎の「古学」の徒《と》なんかじゃない。腐り切ったこの世の理不尽な掟《おきて》や世間体《せけんてい》にがんじがらめになった、空《むな》しい、嘘偽りに蝕《むしば》まれた人間関係なんぞには、決して屈したりはしない、反骨《はんこつ》の魂の持ち主さ。

正しき〈義《ぎ》〉に生きる人さ！

ご時世《じせい》だって、伊藤仁斎さんの生きた、百五十年以上も昔の、おっとりした、平穏無事《へいおんぶじ》な天和《てんな》・元禄《げんろく》の頃と、あたいらが生きてきた、文政《ぶんせい》・天保《てんぽう》の荒れ果てた世の中では、まるっきり違うんだ。

……でもね、月之介様の温《あたた》かさは、仁斎さんの温かいお人柄と、たしかに一脈通じるところがある。

おふたりとも、何の変哲《へんてつ》もない、ささやかな、ゆったりとした日常の暮らしというものを、心から愛しておられた……

月様はね、端《はた》から見たら、ずいぶん険《けわ》しいまなざしをおもちのように視《み》えるかもしれないけど、本当は、いつだって、人のぬくもりというものを求めてやまない人だった。あの人は、本当に、本当に温かいお人なんだ……この上もなく実《じつ》のある、人の痛みを、わが事のように感じ取られる、優《やさ》しい心根《こころね》のお人なんだよ……

**伊織**　おや、おや、元締、相変わらず「お熱い」ことだの……すっかり、あてられっぱなしだ！（笑）…こちとら、たまったもんじゃねえ（笑）。

**佐平太**　……いや、まったくじゃ（笑）……真冬なのに、おお熱い！（笑）

**新八郎**　…でも、…でも、元締のおっしゃる通りなんです……月之介先生は、…本当に、優しい、温かい人なんです……そして、本当は、誰よりも孤独なお人です……

**音羽**　…ああ、そうだね、……新さんの言う通りだよ……

**伊織**　……ところで、先ほどから、こちとらの話ばっかり肴《さかな》にされて、肝心《かんじん》の「世間師《せけんし》」の説明がまだですぜ、元締……（笑）。

**音羽**　…ああ、そうだったね、…ごめんよ（笑）。で、新さん、さっきも言ったようにね、この世には、まっとうな世間様の掟《おきて》の世界、世の仕組《しくみ》って奴から、どうしようもなく落ちこぼれちまった、名も無き者たちが、いたる処《ところ》にうごめき、ひとりぼっちで寒さに凍《こご》えながら、助けを求めて、今も人知れず、血の涙を流しながら、〈声なき声〉をあげているんだ。

**新八郎**　……はい……

**音羽**　あたいら「世間師」は、そういう〈無明《むみょう》の闇〉をあてどもなくさまよいながら、人生の裏街道を歩み続ける者たちに手を差《さ》し伸《の》べ、この人たちが自《みずか》らの力でたたかって、己《おの》が道を切り拓《ひら》いてゆくことができるよう、ひっそりと力添《ちからぞ》えをしてやるのが、仕事なんだ……

時には、ささやかな〈良き相談役〉になり、時には、〈口入《くちい》れ〉や〈逃亡〉の手伝いをすることもある。

ヤバイ、危険きわまる仕事に、敢《あ》えて、手を染《そ》めなきゃならねえ時もある。

あたいは、三味線《しゃみせん》弾きの「門付《かどづ》け」や芸人一座での「弾《ひ》き語《がた》り」、大道芸《だいどうげい》、寺や神社の「勧進興行《かんじんこうぎょう》」など、…さまざまな形で諸国を放浪してきたから、その中で、あたいなりの、独特の〈人のつながり〉、〈人脈《じんみゃく》〉ってもんをこしらえてきた……

**新八郎**　……はい……

**音羽**　さまざまな業種の芸人仲間の絆や、クセの強い、独特の商売人たちとの付き合いもあるし、諸国の渡世人《とせいにん》や村々の豪農《ごうのう》たちにも人脈がある。

この〈人脈〉を大本《おおもと》で支えているのは、〈欲得《よくとく》ずく〉の心じゃない。ある種の〈義《ぎ》〉の心だし、また、困った時に、己《おの》れのできることを通じて「助け合おう」とする、無理のない、自然な〈情《なさけ》〉の心なんだ。

例えば、新さん、あんたを助けてくれた、この「猿《ましら》の吉兵衛《きちべえ》」も、そんな、あたいら世間師の人脈が縁で、「音羽一家の身内《みうち》」になったんだ。

**吉兵衛**　…その通りで……。おいらは、元々は、武州川越《ぶしゅうかわごえ》の水呑百姓《みずのみびゃくしょう》で、江戸に「出稼《でかせ》ぎ」に出たんだが、とんだことになっちまって……

**佐平太**　この吉《き》っつぁんには、同じ村の幼《おさな》なじみの、行《ゆ》く末《すえ》を誓い合った「許嫁《いいなずけ》」があったんだが、その女子《おなご》は、家の貧しさと父親がこしらえた博打《ばくち》の借金のために、岡場所《おかばしょ》に売りとばされたんだ。

吉っつぁんは、出稼ぎで江戸に出た折、必死の想いで岡場所を探し回って、許嫁を見つけ出したんだが、虐待を受けて痩《や》せ衰えていた想い人の、あまりの変わり果てた姿に耐え切れなくなり、密《ひそ》かに女を「足抜け」させてしまった。

死に物狂いで凶悪な「地回《じまわ》り」の追っ手たちの目をくらまし、ふたりして浅草《あさくさ》の「香具師《やし》」の元締にかくまわれたが、女子《おなご》はまもなく亡《な》くなり、吉っつぁん一人、諸国を転々と逃げ回る暮らしが続いた。

今じゃ、音羽の元締の配下《はいか》として、下々《しもじも》の者たちに心配《くば》りをし、黙々と辛抱《しんぼう》強く働く、頼もしい「とっつぁん」さ。

**伊織** いや、まったく、吉兵衛のとっつぁんは、今や、元締の手足だし、音羽一家の貌《かお》だ！……「吉っつぁん」のいねえ音羽一家なんざ、考えられねぇぐらいさ！

**吉兵衛** また、また、望月の旦那《だんな》、調子のいいことといって、おいらを乗せようとするんだから！（笑）……まったく、困ったお人だ（笑）。

でもね、新さん、……音羽の元締も、音羽一家も、この、何一つ取《と》り柄《え》のねえ、弱虫のおいらにとっちゃ、たったひとつの〈ふるさと〉なんでござんすよ……生まれた村よりも、生みのオフクロよりも、もっともっと懐《なつ》かしい、ほんとの〈ふるさと〉なんでござんすよ！

おいらぁ、ただ、この懐かしい〈ふるさと〉のために、このつまんねえ、ちっぽけな命を捧《ささ》げているだけのことでさぁ………

**新八郎** ……吉兵衛さん……

**佐平太** …しかし、吉兵衛、…よかったの……。もう、これからは、おぬし一人に、何もかも、しんどい下働きをさせずに済む。

この若い衆が、力になってくれる……まだ、まだ、修行は足らんはずだから、傷がすっ

かり癒《い》えたら、せいぜい使い回して、鍛《きた》え上げてやってくれ！（笑）

**吉兵衛**　…へい！……まかしとくんなさいまし（笑）……新さん、改めて宜《よろ》しくお願いしやすぜ！

**新八郎**　（にっこりして）……はい……

こちらこそ、よしなに……

**佐平太**　お若いの、「吾妻橋《あづまばし》」での、役人どもとの立ち合いを見る限り、おぬしは、剣の方《ほう》も、かなりやれるとみたが……

**新八郎**　…いえ、大《たい》したことはありませぬが、小野《おの》道場で、「一刀流《いっとうりゅう》」を少々……

**佐平太**　…ふむ、それは心強い……

わしは、伊織さんの腕にはとうてい及ばぬが、「無外流《むがいりゅう》」を少々やる。

**新八郎**　無外流のことは、私も聞き及んでいます。

質実剛健《しつじつごうけん》で、実戦的な剣法と拝察いたしますが……

**伊織**　伊吹佐平太殿は、岩村藩に居《お》られた頃は、「新陰流《しんかげりゅう》」を学んでおられたのだ。

しかし、脱藩を余儀なくされ、執拗《しつよう》な刺客《しかく》の追撃《ついげき》を受ける、過酷《かこく》な逃亡の暮らしを強いられる中で、ある「無外流の剣客《けんかく》」と出逢われたことがきっかけで、「秘伝の剣法」を授《さず》けられた。

以来、数々の修羅場を斬り抜ける中で、独自の実戦的な工夫《くふう》を編み出され、「無外流」の異色の使い手となられた。

新さん、佐平太殿は謙遜《けんそん》なされておられるが、実は、拙者《せっしゃ》など遠く及ばぬ、凄腕《すごうで》の剣客なのだ。

**佐平太**　いや、めっそうもない！……我流《がりゅう》の粗《あら》さを免《まぬが》れぬ、未熟者の剣でござるよ……

**伊織**　新さん、この佐平太殿が、おぬしの吾妻橋での立ち合いを一見《いっけん》した上で、申されておられる以上、おぬしの一刀流の腕もなかなかに侮《あなど》れぬものがあるとみていい。

われらの仕事に必要となる剣は、「畳《たたみ》の上の水練《すいれん》」によって得られたものではない。

何よりも、「死地《しち》をくぐり抜けた」生きざまの覚悟性を通して、おのずから体得《たいとく》されたものだ。

おぬしは、いや応なく、あの吾妻橋でのたたかいをくぐり抜けることで、剣の〈生きた極意《ごくい》〉の何たるかを、いささかなりとも、会得《えとく》しえたはずだ。

佐平太殿は、おぬしのその〈斬り抜け方〉を支えた、剣の〈心棒《しんぼう》〉というものを、評価されたのだ。

**新八郎**　昔は、ずいぶんと打ち込んだ時期もありましたが、近年は、剣の修行には身が入らず、すっかり、中途半端なままで、怠《おこた》っておりました……お恥ずかしき次第です。

**伊織**　…ともあれ、これで、腕の立つ、頼もしい合力《ごうりき》が一人ふえたことになるわけじゃな（笑）。

新さん、吉っつぁんの手助けのほかにも、事《こと》と次第《しだい》によったら、おぬしの剣の腕の方《ほう》も、力を貸してもらわねばならぬ事もでてこよう……今から脅《おど》かして悪いが、その覚悟も、肚《はら》に収めておいてくれ。

**新八郎**　…はい、心得ました！……皆さん、何とぞよしなにお願い申し上げまする……

**吉兵衛**　剣術もけっこうですが、…その前に、町人の新吉になり切ってもらわにゃならんで、……まず、お前さんの侍言葉から直していかにゃなるめえ（笑）。

**新八郎**　…はい！

**吉兵衛**　「はい」じゃねえ、「へい」って言いな！

**音羽**　…アハハハ……いいねぇ、イキのいい若い衆がふえて！

ひとつ、闇の水脈のうぶ湯に浸《つ》かって生まれ変わった、ひとりの裸の人間として、これからは、存分に腕をふるっておくれ、新さん！

**新八郎**　へい！　心得やした、姐《あね》さん！

**一同**　アハハハ……こいつはいいや！

# 第十一幕　雪

## (18) 第一場　天保十四年（一八四三）・真冬〔陰暦・十二月〕

「第一幕・第一場」と同様、本所回向院《ほんじょえこういん》の境内《けいだい》。
夕暮れ時。新春が間近に迫る「師走《しわす》」の末。

音羽と月之介、ふたりだけの語りの場面。

**月之介**　……天保十四年も、もう師走の末……じきに終わろうとしておる。
そなたと十年ぶりに再会し、語り合《お》うたのが「閏《うるう》九月」、場所も同じ「本所回向院」の境内であった……

**音羽**　……はい……

**月之介**　あれから、わずか三月《みつき》しか経《た》ってはおらぬのに、思いもかけぬ激動の年となってしもうたの……人の運命とは、まことに不思議なものじゃ……

久《ひさ》しき歳月の間に、目には視《み》えぬ形で、いつしか積もりに積もった〈縁《えにし》の連鎖〉が、一気に集約され、恐るべき何事かを成就《じょうじゅ》せしめ、思いもかけぬ所まで、われらを導いてしまった……悲喜《ひき》こもごも、生涯忘れ得ぬ年となった。

**音羽**　……さようでござんすね……ホンマに、人の〈さだめ〉というもんは、〈縁《えにし》の糸〉というもんは、摩訶《まか》不思議な、霊妙《れいみょう》なもんどす……

ある日突然、それまでの己《おの》れとは違う、思いもかけぬ境遇に置かれたり、昨日《きのう》までとは違う、なにか全く新しい風景の中に生きているように感じられたり、あるいは、いつしか気がつかぬうちに己れ自身が変わっていて、昔の己れとはかけ離れた場所に身を置いて、息をしている自分に気づかされたり……

ホンマに、考えれば考えるほど、わたしらが「生きてる」っていう事実の〈不思議さ〉に驚かされます。

**月之介**　……いかにも……その通りだの……

**音羽**　わけもわからんと、一所懸命《いっしょけんめい》、もがいて生きとるだけやのに、ホンマは、目には視《み》えへん、大きな〈はからい〉の力につかさどられて「生かされとるんや」って、思わずにはいられません……

**月之介**　……うむ……

**音羽**　外側から上っ面《うわつら》だけを視れば、一つひとつの命は、ほんまにはかなく、ちっぽけなもんにしか視えへんのに、命をつかさどっている〈闇〉の息づかい、大河のような〈水〉の気配に、深々と「耳をすまして」みるならば、なんと、透《す》きとおった流れが視えてくることやろう！　…って、改めて、そう思います。

**月之介**　怖《こわ》いけど、…凄《すご》いもんどすな、美しいもんどすな……「生きる」っていうことは……

……いや、まことにの………

音羽さん、新八郎の様子は、いかがかの？

あの痛ましい出来事があってから、早《はや》、ひと月以上にもなるが、傷の方は、もう、良うなりましたか？

**音羽**　…かなり良うなってきました……深傷《ふかで》やったけど、急所《きゅうしょ》は外《はず》れておりましたし、一時《いっとき》は高い熱が出たこともありましたけど、その峠を越えてからは、急速に快方に向かいました……さすが、若い者《もん》は、違いますな。

あたしも、ようやく安堵《あんど》いたしました……なにせ、月様からお預《あず》かりした、大切なお人やさかい……

**月之介**　そなたには、ずいぶんと気苦労《きぐろう》をおかけし、相済《あいす》まぬことであった……

ありがとう……何もかも、音羽さんのおかげじゃ……。この月之介からも、改めて礼を申す。

**音羽**　……改まって、そんな他人行儀な…水臭い……
　月様と同じく、あたしにとっても、あの子は、なんか、自分の〈息子〉みたいな気がしちまって……ずっと前から知っていたような、不思議に、なつかしい気がしますねん。

**月之介**　……ああ、そなたに、そんな風《ふう》に思っていただけると、わしも嬉しい……
　あの子はもはや、旗本の子息・刈谷新八郎としては生きてゆけぬ身《み》、人相書《にんそうがき》のお手配《てはい》も回ってしまったし、刈谷家からは、すでに義絶《ぎぜつ》されておる……色々とご迷惑をおかけいたそうが、どうか温かく見守り、鍛《きた》え上げてやってほしい……

**音羽**　……はい（笑）、及ばずながら、〈母親代わり〉と思って、育てさせてもらいます……（笑）。

**月之介**　……ありがとう、よしなにお頼み申す……

**音羽**　はい……。でも月様、新さんの身柄《みがら》はたしかに音羽一家がお引き受けしますけど、ご存知《ぞんじ》のように、新さんは凶状持《きょうじょうも》ちにされちまって、今や江戸中に人相書が配られたお尋《たず》ね者の身どす。
　傷がすっかり癒《い》えた後《あと》は、お上《かみ》の追跡のほとぼりが冷めるまで、何年かは、江戸から離れていてもらわなあきまへん。侍の身分も捨てさせ、町人になり切ってもらい、名も

「新吉《しんきち》」と改めさせました。

**月之介** ……うむ……

**音羽** とはいえ、ご府内《ふない》から無事逃《のが》れ出るのは、ひと苦労どす。

**月之介** ……うむ……新八郎は、旗本・御家人どもの家中《かちゅう》に広く顔を知られておる上に、昔の悪童仲間には、町奉行所《ぶぎょうしょ》や目付方《めつけかた》、盗賊 改 方《とうぞくあらためかた》に勤務する者どももおるようじゃ。

**音羽** ……はい……ゆめゆめ、油断があってはなりまへん。

**月之介** ……うむ……そなたもご存知のように、新八郎手配の件では、水明塾に通うておる塾生たちやその家族、私や秋江、お京の身辺《しんぺん》にまで、執拗《しつよう》に奉行所の監視《かんし》の目が光っておったからの……用心の上にも用心を重ね、一時《いっとき》は、身動きもままならぬほどであった。

藤九郎の亡骸《なきがら》は、私がなんとか奉行所にかけ合《お》うて引き取り、無事手厚く葬《ほうむ》ることができたが、……小染《こそめ》さんの身請《みう》けの件では、そなたに、万事お任《まか》せするほかはなかった……

重ねがさね、ご苦労・ご心労をおかけし、相済《あい》まぬことであった。

**音羽** 小染ちゃんには、音羽一家の猿《ましら》の吉兵衛と深いよしみのある青梅《おうめ》のさるお百姓の家に、身を寄せてもらうことになりました。気心《きごころ》の知れた、信頼のおける、優《やさ》しい方々《かたがた》です。

**月之介** さようか……ありがたきこと、感謝の言葉もない。

**音羽** いえ、これも、あたしら世間師《せけんし》でなければできぬ大切な仕事ですから。

月之介　じゃが、新八郎の脱出の手はずは大事ないか？　ようやく傷も癒《い》えかかっているようじゃが、土蔵《どぞう》に身を潜《ひそ》めておる間に、蟻《あり》の這《は》い出る隙間《すきま》も無いほどに、江戸中に手配の網が張られているということはないのか？　脱出の機を逸《いっ》してはおらぬのか？

音羽　心配おまへん。お上《かみ》の手の届かぬ、闇の抜け道は、いくらでもおます。姿・形を変え、知り合いの誰の目にも触れることなく身を隠しながら、新さんが首尾《しゅび》よく江戸ご府内《ふない》より脱出できるよう、すでにわてらの手で段取りは整えてます。もっとも、目付方や盗賊改方の密偵《みってい》たちの中には、かつて闇の裏稼業《うらかぎょう》に身を置いてた者たちもおりますよって、油断はなりまへんが……

月之介　……うむ……

音羽　……でも、なぜお上《かみ》は、何の罪科《つみとが》も無い新さんに濡《ぬ》れ衣《ぎぬ》を着せて、こんなにしつこうに追い回すんやろか？　そこが、どうにも、わてには解《げ》せんのどすが。藤九郎さんを殺《あや》めた下手人《げしゅにん》たちは、革世天道社とかいう徒党の一味で、その主《おも》だった者はすでに捕縛《ほばく》されて、お上《かみ》の手で仕置《しおき》された、いう話どすけど。

月之介　……うむ……一味の動きを内偵《ないてい》していた者の訴えと捕縛された者どもの証言によって、幕府転覆《てんぷく》の大それた陰謀を企《くわだ》てた革世天道社なる徒党の存在が明らかとなり、小幡藤九郎は、その社中《しゃちゅう》の内輪《うちわ》もめが原因で徒党を脱《ぬ》けたことで、殺害されたということになっておる。首魁《しゅかい》は、黒川竜之進と村上喬平とされ、村上はじめ革世天道社の主《おも》だった者どもは、全員死罪、社中に加わりしことが判明せる者どもは、遠島その他の仕置《しおき》をこうむったと伝え聞く。

ただし、首魁の黒川のみは、隠《かく》れ家《が》が襲われた折、からくも捕《と》り方《かた》の囲みを破って、ただ一人逃げのびたそうで、いまだ行方《ゆきかた》知れずとのことじゃ。

**音羽**　はい、新さん同様、黒川竜之進の人相書は、江戸中にばらまかれてます。そやけど、お上《かみ》の手配の網が張られる前に、早々《はやばや》とご府内を出奔《しゅっぽん》したようで、そのゆくえは、杳《よう》として知れまへん。

わてらが世間師仲間から伝え聞いた話では、東海道・中山道《なかせんどう》・甲州道中《どうちゅう》・日光道中の四街道《かいどう》は元より、水戸《みと》街道・佐倉《さくら》街道にも、黒川追捕《ついぶ》の厳しいお達《たっ》しが出されたとか。

**月之介**　……うむ……黒川は、お上《かみ》にとっても、危険きわまる人物とみなされておるようじゃの……

黒川竜之進も村上喬平も、狭間主膳の志斉塾の指導者でありながら、いかなるゆえか、わが水明塾の塾生だったことがある。それゆえ、黒川・村上についても、わしは、ずいぶんと奉行所の役人どもから、関係を問いただされた。

なんでも、わしがその折、耳にした話では、黒川竜之進は、村上喬平が社中の者どもを指揮《しき》しながら、身を挺《てい》して捕《と》り方《かた》を防《ふせ》ぎ止《と》めておる間《あいだ》に、隠《かく》れ家《が》の裏口から逃走したようじゃ。

村上は、黒川のことを、よほど大切に想っておったのであろう……己《おの》れの身を犠牲にして、黒川を助けたのじゃ……

藤九郎を死に追いやった者どもではあるが、わしは、なぜか、黒川と村上を心から憎む気にはなれんのじゃ……

あの者たちは、この現世《うつしよ》の理不尽な仕組《しくみ》、現世《うつしよ》の汚《けが》れ・濁りというものを、心底憎んでおった。その憎しみ・怒り・悲しみの心は、大塩殿の中にも、わしやそなたの中にも、かつて沸々《ふつふつ》と煮《に》えたぎっておったものじゃ……今もって、形こそ違え、わしらの内には、その哀しみと憤《いきどお》りの心は息づいておる……

**音羽**　……はい……

**月之介**　黒川竜之進は、己《おの》れの満たされぬ想いを、あくまでも政《まつりごと》への野望という形にて表わさんとする、あくなき執念《しゅうねん》にとり憑《つ》かれておる。それは、わしの眼には悪《あ》しきものと映《うつ》るが、あの男にとっては、この非情なる現世《うつしよ》を生き抜くための、止《や》むにやまれぬたたかいの身構《みがま》えであり、大義《たいぎ》なのであろう。

大塩殿や洗心洞の仲間たちと訣別《けつべつ》してきたわしには、黒川や村上の心は、なにやらようわかる気がする……

**音羽**　……はい……わたくしにも、身に沁《し》みて……

**月之介**　あの訣別の岐路《きろ》に立たされた時と同じような痛みが、今も、わしの胸をよぎっておるのだ……

**音羽**　……はい……でも、月様、……あなたが平八郎様や洗心洞《せんしんどう》のお仲間と訣別されたように、わたくしも、平八郎様に殉《じゅん》じた夫の後《あと》を追うこともかなわず、あなたの行方《ゆくえ》を求めたあげく、世間師の道へと入り込んでしまいました……政《まつりごと》なんぞが想いも及ばぬ「もうひとつのこの世」を、闇の世界のただ中を、ひたむきに生き抜いている名も無き人々との縁《えにし》を、生きるよすがとしてまいりました。

**月之介**　……うむ……わしらは、目に視《み》えぬところで、孤独に生き、たたかっている一人ひとりの人間たちとの縁《えにし》をこそ、かけがえのないものとおもうておる……互いの心への、その声なき声の通《かよ》い合いこそ、いとおしいのじゃ……政《まつりごと》にて世直しを図《はか》らんとする者どもと、道を共にするわけにはまいらぬ……

**音羽**　……はい……

**月之介**　……じゃが、あの黒川竜之進という男の身《み》の内《うち》からは、なにやら得体《えたい》の知れぬ、禍々《まがまが》しき妖気《ようき》が立ち昇っておる。それは、この現世《うつしよ》に痛めつけられた者、現世《うつしよ》に己《おの》れの真《まこと》の居場所を求めて得られなかった者たちの内にひそむ、やり場のない怒りの心に火をつけずにはおかぬものじゃ……人々の心の奥そこにうごめいておる闇の力を一気に引き出すほどの、怖ろしき魔性《ましょう》の気配《けはい》というてもよい。

私はかつて、大塩殿にもそのような妖気を感じ、戦慄《せんりつ》を覚えたことがあった……

**音羽** ……はい、ようわかります……

**月之介** 黒川竜之進は、幕府の追捕《ついぶ》の目を逃《のが》れて身を潜《ひそ》めたまま、一生を終わるような男ではない……あやつは、いつの日か、とほうもない大それた謀《はか》り事《ごと》を企《たくら》み、実行に移すやもしれぬ……世を震撼《しんかん》させるほどの大変事《だいへんじ》をひき起こすやもしれぬの……

**音羽** お上《かみ》が慌《あわ》てふためいて、大がかりな手配《てはい》の網を張ったのも、黒川竜之進が、よほどの大物とみられていた、いうことどすな？

**月之介** おそらく、そうであろう……革世天道社の者たちの口から、黒川の企《たくら》みの全貌《ぜんぼう》と彼の果たしていた役割が露顕《ろけん》したのであろう。役人どもは、その事実に怖れ、おののいたのだ。

**音羽** そやけど、革世天道社にも、政《まつりごと》の謀《はか》り事《ごと》にも何の関係もない新さんまでが、なんでまた、トバッチリをこうむらなあかんのやろ？

わてには、なんや、しっくりこないんどすけど。


**月之介**　新八郎の件には、おそらく志斉塾の狭間主膳が絡《から》んでおる……

そなたも藤九郎の書状を読まれたゆえ、ご存知と思うが、革世天道社の真《まこと》の首領は、狭間主膳じゃ。だが、捕縛・処刑された者の中に、狭間の名は無かった。あの男は、お上《かみ》より、何のおとがめもこうむってはおらぬ。

しかし、藤九郎より革世天道社の内情を打ち明けられ、狭間主膳の秘密を知っていると思われる新八郎が生き残っておるとすれば、狭間にとっては、身《み》の安全を脅《おびや》かす、憂《うれ》いの種《たね》にならぬとも限らぬ……

**音羽**　……なるほど、……それで、新さんの口《くち》を封《ふう》じようとしたのですね？

**月之介**　おそらく、それに相違《そうい》あるまい。

あの狭間という男は、和・漢・洋の学識に富み、この国の独立を脅《おびや》かさんとする西洋諸国の動勢にも通じた、恐るべき知恵者であると共に、底《そこ》の知れぬ策士《さくし》の器《うつわ》を兼《か》ね備《そな》えておる……

幕府儒学の元締《もとじめ》である佐藤一斎《さとういっさい》の高弟《こうてい》であり、鳥居甲斐守をはじめとする幕閣の有力者どもや大身《たいしん》の旗本・大名筋にもお覚《おぼ》えが良く、強力な手づるを持っていると伝え聞く。

あの男が、なにゆえ、私のような市井《しせい》の変人と付き合いたがるのか、どうにも解《げ》せぬのじゃが、……話をしておると、それなりに面白き人物で、私も色々と教えられることもある。

……じゃが、穏《おだ》やかな語り口の中にも、時折、ぞっとするほどの冷たさが垣間《かいま》見える……今回の革世天道社の件に彼の意向が働いておったとしても、不思議ではないような気がする。もちろん、事《こと》の真相は、完全には分かりかねるのじゃが。

**音羽**　……さようでござんすね……これ以上、事の真相をついてみても、何の意味もおまへん……新さんのこうむった難儀《なんぎ》に変わりはありまへんよって。

**月之介**　……うむ……で傷がすっかり癒《い》え、首尾よく江戸を脱《ぬ》け出られたとして、その後《あと》、新八郎の身の振《ふ》り方《かた》はどうなるのかの？　……いずこか、遠方の地に身を潜《ひそ》めることになるのか？

**音羽**　新さんには、しばらく、音羽一家とつなぎのとれる旅芸人の一座に身を寄せてもらいます。そこの若い衆として、諸国を行脚《あんぎゃ》してもらいながら、色々と、あたしら「世間師《せけんし》」の仕事を、習《なら》い覚《おぼ》えてもらうのが宜《よろ》しかろうと、おもうてます。

**月之介**　……なるほど、妙案じゃ……。新八郎としては、初めて、己《おの》が眼《まなこ》で、しっかりと、あるがままの生きた〈世間《せけん》〉というものを見据《みす》えてみることとなろう……今まで己《おの》れが知っていた、息苦しい、空《むな》しいしきたりや虚栄に縛られた〈侍《さむらい》〉の世界とは全く異なった、名も無き者たちの哀しみや歓《よろこ》びや生きざまと無心に接し、己《おの》が身体《からだ》を張って、一つひとつの難事《なんじ》を切り抜けてゆく中で、かけがえのない何ものかを会得《えとく》してゆくことであろう。

**音羽**　…はい……何事も、頭の先っぽでわかった気になってはいけまへん。心でしっかりと感じ取り、何を守り、選び、何を捨てるべきかをわきまえ、己《おの》が身をもって会得《えとく》せな、あきまへん。

**月之介**　…うむ！　その通りじゃ。

新八郎の中には、恐るべき力が、山脈のように、幾重《いくえ》にも重なって眠っておる。…その潜在する〈龍《りゅう》〉の力が、一つひとつ〈封印《ふういん》〉を解《と》かれるたびに、あの子は、今まで己《おの》れがあずかり知らなかった〈未知〉の世界・〈未知〉の風景の中に、ふるえるようなおもいで、躍《おど》り出てゆくことになろう！

この世のちっぽけなしきたりや仕組《しくみ》、損得勘定《そんとくかんじょう》や世間体《せけんてい》にがんじがらめになった、押しつけがましい、空《むな》しい「憂《う》き世《よ》」って奴を完全に蹴飛《けと》ばして、その〈圏外《けんがい》〉に躍《おど》り出て、自在に羽ばたけるようになってゆくであろう……

**音羽**　……はい！…月様、あたしも、そない思います……わたしらと同様、新さんもきっと、もうひとつの〈闇〉の世界を生き抜くことで、この世の〈束縛《そくばく》〉の内にありながらこの世を超えたお人になられるとおもいます……

**月之介**　……うむ！　…この国はこれから、西洋諸国の侵略の魔の手が迫る中で、独立を保ち、外国の圧力に対峙《たいじ》せんがために、いや応もなく、かの国々の姿を学び、追随《ついずい》せんとするであろう……その中で、恐るべき、醜い〈変貌《へんぼう》〉を遂《と》げてゆかぬとも限らぬ！

　信じがたいほどに薄っぺらな精神をもった、尊大で小賢《こざか》しい冷血漢《れいけつかん》どもが、いたる所で指導者づらをし、この国を、「西洋のできそこない」のような根無《ねな》し草《ぐさ》の、うら哀《がな》しい、恥知らずのたまり場に変えてゆくやもしれぬ。

「貪《むさぼ》る」ことしか知らない、うつろな我欲《がよく》の亡者《もうじゃ》どもが、蛆虫《うじむし》のように繁殖《はんしょく》してゆくかもしれんのだ……

**音羽**　……はい……

**月之介**　これから全世界を覆《おお》ってゆくやもしれぬ、その醜き悪霊《あくりょう》の気《き》によってもたらされた変貌と混乱の中で、己《おの》が身を守り、縁《えにし》ある、汚《けが》れなき魂の持ち主たちとの絆《きずな》を慈《いつく》しみ、幸せにならんと希《ねが》うのなら、われらは、その現世《うつしよ》を支配せんとする、邪《よこしま》なる気の流れとたたかい、それを超えんとする、〈闇の水脈〉を求めなければならぬ！

　その水脈から、美しき〈いのちの火〉を汲《く》み上げねばならぬ！……

**音羽**　……はい！……

月之介　たとえ、どれほど邪《よこしま》なる者どもが猛威を振るおうとも、その〈闇の水脈〉が、未来永劫《えいごう》にわたって地下の奥深く流れ続け、汚《けが》れなき魂をもった、縁《えにし》ある者たちの〈絆〉を通して、受け継がれてゆくならば、その流れは、いつの日にか、必ずや、この世を根底から洗い清めるであろう……

音羽　……はい！……必ずや！……

月之介　……その美しき世の〈幻《まぼろし》〉を心の中にひっそりと抱《いだ》きながら、われらは、闇の水脈の深みから〈いのちの火〉を汲み上げ、己《おの》れのささやかな〈日々の暮らし〉を、大切に紡《つむ》ぎ出し、織り上げてゆかねばならぬ。

音羽　……はい！……

月様、人にとって本当に大切なもの、人に生きる力を与えてくれるものは、嘘偽《うそいつわ》りの無い、混じりっけのない〈温《あたた》かさ〉の感覚やないかって、思うんどす。

月之介　…うむ……

音羽　…でも、その〈温かさ〉は、人が人を思い通りにしようとしたり、人になにかを無理《むり》強《じ》いすることによっては、決して生まれるもんやない！　…って、そう思うんどす。

月之介　…うむ、まさしく、その通りじゃ！……

この世にはびこる最も恐るべき〈悪〉は、己れの〈うつろさ〉や〈さみしさ〉あるいは

〈死の恐怖〉を紛《まぎ》らわそうとして、人が人の魂を支配し、強制せんとする、浅ましき我欲《がよく》によって生ずる！

相手の身を「思いやっている」といいながら、あるいは、そう「思い込み」ながら、その実《じつ》、己《おの》れ自身の恣欲《しよく》、家の利害、己れの属する集団の利害のために、身近な者や他人に対して、恐るべき〈強制〉を加えて恥じないのだ！

そのようにして、親は子に期待し、養育の〈見返り〉に「家門の繁栄」や「立身出世」による〈親孝行〉なるものを求める。

また、夫は妻を、妻は夫の魂を強制し、独《ひと》り占《じ》めしようとする。

あるいは、上役《うわやく》は部下を、親分は子分を、無理矢理、権力や利害関係によって牛耳《ぎゅうじ》ろうと図《はか》るのだ……まことに、浅ましき限りじゃ！……

人が人になんらかの〈感情〉を強制し、〈魂〉を所有せんとしてみたところで、なんの意味もない！

ただ、ただ、〈嘘偽《うそいつわ》り〉の哀しみだけが、そこに暗く、陰湿に澱《よど》むだけであり、何一つ、美しきもの、良きものを生むことはないのだ……不毛の極《きわ》みじゃ……

**音羽**　……その通りやと思います……

でも、月様、……人が人の魂を所有し、貪《むさぼ》ろうとする、〈餓鬼道《がきどう》〉の地獄に堕《お》ちんようにするのは、……ホンマに、大変なことどすなぁ！……

**月之介**　……いかにも！　……そなたとわたしも、その地獄の試練をくぐり抜けて、ここまで辿《たど》り着いたのだからの……

**音羽**　……ホンマどす……。ホンマに、わたしら、よう切り抜けてこられましたな……

**月之介**　……まことに……霊妙《れいみょう》不可思議な僥倖《ぎょうこう》と申すほかはない……人は、本当に〈孤独〉に弱い生き物だからの……

だからこそ、人は、己《おの》れと異なる他人を無理矢理〈同じ生き物〉にしようとして、悪あがきの限りを尽くしてまで、ありとあらゆる詐術《さじゅつ》を弄《ろう》して、他人の魂を強制しようとかかるのじゃ。

**音羽**　…ほんまに、……そうどすな……

**月之介**　…だが、そなたが先に申したように、人に本当に〈生きる力〉を与えてくれるものは、嘘偽りの無い、真実の魂の触れ合いから来る〈温かさ〉の感覚なのだ！

その〈温かさ〉を本当に生み出すためには、人は、己《おの》れを欺《あざむ》き他人を強制せんとする〈旧《ふる》き浅ましき己《おの》れ〉を壊《こわ》し、生まれ変わってみせねばならん。

たったひとりの、混《ま》じりっけのない、〈己《おの》れ自身〉という、孤独な魂の場所から、人と出逢い直さなければならんのだ。

新八郎は、おそらく、その苦しみを人知れず抱《かか》え込んで、悩み抜いてきたのだ、と私は思っている……

**音羽**　……ええ！　……新さんは、あたしに語ってくれましたよ……

俺を生まれ変わらせてくれたのは、月之介先生の陽明学と、お京さんとの出逢いの中で触れることができた北斎先生の肉筆画の世界と、小幡藤九郎さんの生きざまだったって。そして、この三つの世界を、ひとつに結び合わせてくれたのが、音羽の元締と音羽一家との出逢いなんだって！　……嬉《うれ》しいこと、言ってくれるじゃござんせんか（笑）。

**月之介**　……ああ、そう申しておったか！　……いや、私には、なにか、よくわかるような気がする……

あの子は、たしかに、孤独な魂を備えた、純粋な、ひとりの人間として、この世に生まれ直したのだ、〈転生《てんせい》〉してみせたのだ！　……闇の水脈から、〈いのちの火〉を汲み上げての……

**音羽**　……はい！

わてら音羽一家の身内《みうち》は、皆、誰もが、表の、昼の世間様の支配する浮《う》き世《よ》からはぐれてしもて、一度《ひとたび》は死んで、生まれ変わった者《もん》ばかりどす。

新たにこの世に生まれ落ちた時、すでに、前世《ぜんせ》の〈浮き世の垢《あか》〉は、きれいさっぱり、洗い流してますさかい、いまさら、そんな世のしきたりや掟《おきて》に頼る気も、縛《しば》られる気も、毛頭《もうとう》おへん……

たったひとりの孤独な己《おの》れを支えてくれる〈根っこ〉は、闇の水脈とつながっている、魂の〈へその緒《お》〉だけどす。

この〈へその緒〉があってはじめて、利害得失《とくしつ》や約束事によって濁《にご》らされることのない、己《おの》れ以外の縁《えにし》ある人との、真実《まこと》の触れ合いと絆が形作られ、守られてゆくんやないか……

あたしはね、月様、そない思いますねん……

**月之介**　…いかにも！　そなたがいわれる通りだ……

音羽さん、…人が、混じりっけのない孤独な存在としてこの世に生まれ落ちた時、その存在を支えてくれる〈闇〉の背景とは、一種の〈水〉の相《そう》じゃ……

そして、そのような、まっさらな存在としての〈人〉という生き物が、同じく、純粋で孤独な他の人間と、本当に温かく触れ合い、〈絆〉を生み出す力を与えてくれるものは、深々とした透明な〈水〉の中から汲み上げられた、情熱的な〈火〉の相《そう》なのだ。

人が、うつろではない、幸せな良き生を生き抜くということは、この〈水〉と、水の中から汲み上げられた〈火〉の相《そう》の〈均衡《きんこう》〉を生きることだと、私は思う。

新八郎にとって、「音羽一家」の存在は、そのような、〈水〉と〈火〉の綾《あや》なす物語によって支えられた、新たな人の〈交《まじ》わり〉の場であったのだ……

**音羽**　……ただ、新さんにとってかわいそうなのは、これからしばらく、お上《かみ》の追跡のほとぼりが冷めるまで、この江戸を離れなければならず、お京さんにも逢うことがかなわぬということです。

どっか、江戸以外の地で逢うことができれば、とも思いますけど、無理どすやろなぁ。

**月之介**　うむ、そうじゃの……それは、私もつらい……お京がかわいそうで、この頃は、新八郎の話も言いづらくての……

しかし、お栄《えい》殿のもとで、懸命《けんめい》に絵の制作に打ち込むことで、もちこたえておる。

**音羽**　……お察しします……

**月之介**　……実はの、つい先日、お京から突然、言い出されたことだが、あと半年か一年ほど江戸で描《か》き続けたら、再度上洛《じょうらく》し、京の都でもう一度、竹内連翹《たけうちれんぎょう》殿の内弟子《うちでし》にさせて頂いて、本格的に四条円山《まるやま》派の絵師になる修業をしたいというのじゃ。

何を思ってのことか…私には、しかとはわからぬのだが、あの子なりの深い考えあってのことらしい。

それで、……もし新八郎が、京の都で娘に逢うことができるなら、私も、嬉しく思うのじゃが……

音羽　月様、それは良いことをお聞きしました！　……うまくいけば、新さんとお京さんの〈逢瀬《おうせ》〉を実現できるやもしれません……

月之介　……まことか？　……何か、音羽一家の仕事が、「上方《かみがた》」でおありになるのか？

音羽　…はい…。実はね、月様、藤九郎さんの書状にあった、例の高野長英先生の脱獄計画……

月之介　……うむ……

音羽　月様からお預《あず》かりした、新さん宛《あて》の藤九郎さんの書状には、伝馬町《でんまちょう》の牢にいる高野長英先生との〈つなぎ〉のとり方と、先生と親しい上州《じょうしゅう》の村医者の方々《かたがた》の事が、詳《くわ》しく記されてありました。

月之介　うむ、そうであった……

音羽　その書状によれば、藤九郎さんに万が一の事が起こった時は、河井月之介先生とご相談の上、長英先生及び先生の同志の方々《かたがた》に連絡をとって頂きたい、との旨《むね》が書かれてあり、月様は、亡《な》くなられた藤九郎さんの代わりに、なんとか長英先生のためにお役に立てることはないかと、あたしにご相談なされました……

月之介　ああ、その通りじゃった……では、音羽さん、高野長英殿の脱獄計画について、新たな展開があった、ということですか？

**音羽**　はい……。まだ、細部の段取りの検討は残ってますけど、長英先生の脱獄とその後の〈逃亡〉の手はずは、小幡さんのお志《こころざし》を受け継いで、わてら音羽一家と上州の村医者の同志の方々の手で整えさせて頂くことになりました。

**月之介**　さようか！

**音羽**　はい、お上《かみ》の執拗《しつよう》な追っ手がかかるやろうと思いますけど、わてらが一枚かむ上は、決して抜かりはおへん！

**月之介**　いや、ありがたい、音羽さん！　もし、長英殿が無事に脱獄でき、逃げのびられたなら、亡《な》き藤九郎の霊も、さぞや慰められることであろう……

**音羽**　はい！　藤九郎さんの計画では、脱獄後の長英先生の逃亡の道筋は、「中山道伝《なかせんどうづた》い」に「上方《かみがた》」へ落ち延びる、というものでした。

しかし、それでは、お上《かみ》の張りめぐらした捕縛《ほばく》の網の目をのがれることは、むずかしかろう、と存じます……

長英先生には、まず、「上州」に向かっていただくのが宜《よろ》しかろう、と思います。

上州は、昔から無宿人《むしゅくにん》のたまり場で、わてら音羽一家とも親しい関係にある侠客《きょうかく》の親分衆もおられます。先生をかくまって下さる村医者の同志の方々もおられますよって、しばらく、お上《かみ》の追跡のほとぼりが冷めるまで、この地に潜伏《せんぷく》なさっておられれば、まず、身の危険はござりますまい。

**月之介**　…そうじゃの。しかし、その後は、どうなさるおつもりか？　藤九郎の書状では、長英殿は西国《さいごく》に赴《おもむ》き、海防問題に熱心な宇和島《うわじま》藩主・伊達宗城侯《だてむねなりこう》や薩摩の島津斉彬侯《なりあきらこう》との接触を図ろうと、お考えになっておられるようじゃが……

**音羽**　たしかに、海防問題もお心にかけておられるようですが、上州に居る先生の同志の方々からの手紙では、先生は、脱獄した以上、明日をも知れぬ身ゆえ、今生《こんじょう》の名残《なごり》に、なんとか一目なりとも、年老いたご生母にお逢いしたいと申されておられるとか、……だとすれば、身の危険を冒《おか》してでも、いったん、西国とは逆の、東の奥州《おうしゅう》に向かわねばなりますまい。

いずれにせよ、機《き》を見計《はか》らって上州を出て、越後《えちご》の「直江津《なおえつ》」に向かい、そこから船を使って、東もしくは西への〈海路〉をとるのが良いのでは……と、いまのところ算段《さんだん》しています。あくまでも、先生のお心次第《しだい》ですけど……

**月之介**　……なるほど。だが、そうなると、今度の音羽一家の「上方《かみがた》」での仕事というのは、長英殿の逃亡計画の件とは、また〈別口〉のものだということになるのかの？

**音羽**　…はい……でも、まんざら無関係でもござんせん。長英先生を無事、上州から直江津までお連れするのが、おそらく、音羽一家の身内となった新さんの、本格的な〈初仕事〉になりますやろ……

**月之介**　……ほう、さようか！　それはまた……

**音羽**　……はい（笑）。長英先生の脱獄がいつになるかは、今はまだ、わかりません。でも、そう遠い先のことではない、とあたしは踏んでます……鳥居甲斐守の動き次第ですけど。おそらくは、ここ半年か、遅くとも一年以内に、機を見計らって、手はず通りに伝馬町の牢に〈付け火《つ び》〉させ、牢抜けされることになると思います。

**月之介**　…うむ……

**音羽**　長英先生が、潜伏した上州から直江津に向かわれる頃には、「旅芸人の一座」の若い衆として、諸国を行脚《あんぎゃ》しながら修業を積んできた新さんも、きっと、音羽一家の身内として使いものになる、いっぱしの「男はん」になってるもんと、あたしは思うとります。

**月之介**　……おお、あやつのことじゃ……きっと、見違えるような若者に成り変わっておるであろう！

**音羽**　……はい（笑）。で、今、船の話が出ましたけれども、今度のわてらの「上方《かみがた》」での仕事というのは、実は、海に関係してます……

**月之介**　……海というと……まさか、「抜け荷《ぬに》」のことではあるまいの？

**音羽**　図星《ずぼし》どす（笑）。

**月之介**　…まことか！　なにやら、剣呑《けんのん》な話じゃの……

**音羽**　……はい（笑）。

月様もご存知やと思いますけど、蝦夷《えぞ》・松前《まつまえ》から、新潟・佐渡《さど》、能登《のと》、松江《まつえ》沖を経《へ》て、下関《しものせき》を抜け、瀬戸内伝いに「大坂」に至る「西廻り《にしまわ》」の航路は、この国の海の商《あきな》いの要《かなめ》どす。

西廻りの海路をつかさどる「北前船《きたまえぶね》」こそ、この国の海の貌《かお》どす。

日本全国の商《あきな》いを、「天下の台所」大坂に結びつけているのが、この「西廻り」の海路であり、「北前船」どすさかいな……

**月之介**　……うむ……

**音羽**　北前船を牛耳《ぎゅうじ》る者こそ、海をおさえ、この国の商《あきな》いをおさえる者というても、過言ではおまへん……。それほどに、海のもたらす利益は、巨《おお》きなもんどす。

全国の商《あきな》いの相場《そうば》を左右する「大坂」の米相場《こめそうば》も、北前船の動きいかんで、大きく揺れ動きますよってな……

月之介　…いかにも、の……

音羽　実は、月様、今この国では、その「西廻り」の海路、北前船を利用して、単に、日本国内の商《あきな》いで利を上げるだけではなく、お上《かみ》の禁制を犯して諸外国と大々的な「抜け荷」の取り引きを平然と行う藩が、北は松前から、加賀・越前、さらには、長州や肥前、薩摩に至るまで、続々と現われてきています……

月之介　……うむ、わしも、風の噂《うわさ》に、加賀前田家に仕える豪商・銭屋五兵衛《ぜにやごへえ》の話は、耳にしたことがあるが……

音羽　銭屋の件もそうですが、さまざまな大名家が、御用商人を使った「抜け荷」で莫大《ばくだい》な利益を上げているばかりか、ご公儀《こうぎ》の探索で発覚した後も、幕閣との〈裏《うら》取り引き〉で、多額の賄賂《まいない》が送られ、その見返りに〈お目こぼし〉にあずかっている例もあります。

徳川御三家《ごさんけ》に属する水戸家《みとけ》や尾張家《おわりけ》も、抜け荷に手を染めています。

月之介　……なんと！　ご公儀のご意見番ともいわれる徳川斉昭侯《なりあきこう》のおられる水戸家までもか？

音羽　はい……。

しかし、……その諸藩のご禁制破りの陰で、甘い汁を吸う人非人《にんぴにん》どもの所行《しょぎょう》のために、血の涙を流すほかはない者たちも、続々と生まれているんでござんすよ……

藩の利益のために、さんざっぱら抜け荷をやらせたあげく、ご公儀に睨《にら》まれてヤバくなると、証拠のもみ消しのために、抜け荷をした商人《あきんど》の家財を没収し、一家を死に追いやったり、権力をかさに抜け荷で得た甘い汁で私腹を肥やし、莫大な献金《けんきん》を利用して派閥争いや薄汚い出世欲に血道《ちみち》を上げる者など……反吐《へど》の出る話は、絶えることぁ、ござんせん。

**月之介**　…まったくの……小賢《こざか》しい才覚が大手を振ってまかり通り、カネ、カネ、カネの世の中だからの。

**音羽**　…ですからね、わてらの今度の「上方《かみがた》」での仕事というのは、その「抜け荷」が一枚絡《から》んだ、ちょっと厄介《やっかい》な大仕事になるかもしれませんのさ……ヘタをすると、上方の世間師《せけんし》の元締衆《もとじめしゅう》とのいざこざまで、起きないとも限りませんよって。

**月之介**　……ふむ……それは、やっかいじゃの……で、新八郎も、その仕事に深く関わるのじゃな?

**音羽**　…ええ……。新さんには、長英先生を「直江津」まで無事送り届けてもらった後、船で、西廻りに、下関を経て、「大坂」に回ってもらいます。大坂での仕事の方々《かたがた》、京の都にも赴《おもむ》いてもらいますよって、その節に、お京さんと、都で逢うことができれば……と、もくろんでます。

月之介　さようか！

音羽　……はい……少なくとも、わてらの仲立ちで、ふたりの手紙のやりとりはさせて上げられますよって、お京さんの上洛の時期を、新さんの上方《かみがた》行きに合わせて、あらかじめ融通することさえできるなら、〈逢瀬《おうせ》〉はかないます。

月之介　……そうじゃの！　それは名案じゃ……くれぐれも口外《こうがい》してはならぬ極秘事項じゃが、お京には、こっそり告げておいてもよろしゅうござるか？

音羽　…むろんです（笑）……あたしも、新さんに教えときますよ。傷の治《なお》りが、段違いに良うなりますやろ（笑）……

月之介　ありがたい！　……新八郎のこれからの働きぶりには、色々と心配も湧《わ》き起こってこようが、今はとりあえず、胸のつかえがいささか取れました。

音羽　秋江様にも、お話しして差し上げなさいまし。
ほんと、苦労性《くろうしょう》のお人であらせられますこと（笑）……
でも、ほんとに妙なえにしでござんすねぇー！　……月様の娘御《むすめご》と、ひょんなことから、あたいが親代わりをつとめることになった坊やが、いい仲だなんて（笑）……

月之介　いや、まったくの（笑）……奇《く》しきえにしじゃ……

音羽　いずれにせよ、新さんもお京さんも、わたしらも、なにか、新しい世の潮流の中に巻き込まれつつあるような……妖《あや》しい予感のようなもんが、胸さわぎのように、わたしの中でうごめいてます……

ひょっとすると、月様、次は、「上方《かみがた》」を舞台として、なにか、烈《はげ》しい闇のうねりのような〈物語〉が、わてらを待ち受けているんやないか……そんな気がせんでもありまへん……

怖いといえば怖いですけど、なんや、ゾクゾクとオモロイ事が起こりそうな気分どす（笑）。

**月之介**　……やれやれ、江戸での大波乱がようやく収まったかと思ったら、次は「上方《かみがた》」かいな！（笑）……先が思いやられるの（笑）。

**音羽**　いろいろ、つまらん取り越し苦労をし始めたら、えらいシンドなってしまうけど、あっちこっち命がけで、必死こいて生きとったら、いつの間《ま》にやらくぐり抜けてるもんや……人生、捨てたもんやおまへんで、ホンマに！（笑）

**月之介**　ハハハハ……おゆき殿、いや、音羽さん、……そなたは、まことに、強いお人になられたのじゃの……改めて、目を瞠《みは》る想いがする。

**音羽**　……いえ、強いだなんて、……そんなことおへん。

情けないことやけど、来る日も来る日も、不安や怖れが胸をよぎってます。

けど、能《あた》う限り、心が濁らんように、悪《あ》しき想念を抱《いだ》かんように、一日一日を無心に、
精一杯生きられるように、及ばずながら努めているだけのこと……
あたしも、伊織《いおり》さんも、大塩の乱で死に場所を得られず、生き残るほかはなかった……
奇《く》しくも、天のはからいで、世間師として生まれ変わり、新たないのちを与えられた、因《いん》
果《が》な身の上どす。
それだけに、ほんまにささやかなもんやけど、悔《く》いの無いように、己《おの》れにできる限りの
仕事は果たしてゆきたい……日々、その覚悟だけは、新《あら》たにしています。
月様と同様、日々の暮らしそのものが修行の場、……生き抜くために己《おの》が魂を磨く「事《じ》
上磨錬《じょうまれん》」の場どす（笑）。
**月之介**　……うむ（笑）……心気《しんき》を澄《す》ませ、己《おの》が内なる天道《てんどう》の声に耳傾け、時を超え、齢《よわい》を
超えて、無心に生き抜かんとする、事上磨錬《じじょうまれん》の場なのじゃな……
**音羽**　……はい（笑）……及ばずながら……
あたしら世間師《せけんし》は、明日をも知れぬ闇の裏稼業《うらかぎょう》に生きる身《み》どす……浅ましい欲に駆《か》られ
て、此岸《しがん》のみに心が縛《しば》られていては、体を張った、命ぎりぎりの勝負の世界では、身がも
ちまへん。
**月之介**　……うむ。

音羽　かとゆうて、此岸《しがん》の世界を、煩悩《ぼんのう》だらけの衆生《しゅじょう》がうごめく、不条理ではかない無常《むじょう》の憂《う》き世《よ》と見切って、彼岸《ひがん》の世界に悟《さと》りや救いの境地を求めるような、抹香臭《まっこうくさ》い坊さんの心《こころ》根《ね》に落ち着くようでは、これまた、わてらの仕事では、到底《とうてい》、使いものにはなりまへん。

月之介　……うむ……いかにも、の……

音羽　此岸《しがん》の現世《うつしよ》を、この無常《むじょう》の憂《う》き世《よ》を、日々無心に生き抜きながらも、いのちを燃やしながらも、……心は、いつも、時を超えた彼岸《ひがん》のうちにある……此岸の内に宿った彼岸の風景を生きること……執着《しゅうちゃく》を離れ、悲しみ・愁《うれ》いを超えて、熱く、でも、……深い水底《みなそこ》のような静けさの心で生きること……

そして、風のように、晴ればれと、清々《すがすが》と生きること……

月之介　……うむ……

音羽　……それが、わたくしのめざしている世間師の心どす……

月之介　……うむ、よう、わかった……

やはり、おゆき殿、……そなたは、強いお人になられた……

いま私は、何の懸念《けねん》も無く、新八郎の行《ゆ》く末《すえ》を、そなたにゆだねることができる……あの子の天命《てんめい》を、音羽一家に託《たく》して、いささかの悔《く》いも迷いも無い。

音羽　……はい……

この時、天空から、粉雪が、はらはらと闇を舞い降りてくる。

**月之介** ……おお……降《ふ》ってきたの……
明日《あす》は、大晦日《おおみそか》じゃ……久方《ひさかた》ぶりに、一面雪景色の年越《としこ》しを見てみたいものよの……

**音羽** ……ええ……さようでござんすね……

次第に勢いを増しながら降りしきる雪の中を退場するふたり。

# あとがき

戯曲『闇の水脈　天保風雲録』（以下、『天保風雲録』と略記する）は、二〇〇七年に創作された作品である。思うところあって、今日《こんにち》まで、敢えて「刊行」という形で公《おおやけ》にすることを控えていた。

二〇〇七年から二〇二一年（本年）までの十四年の間に、世相は大きく変わった。今ようやく、この戯曲を世に出すにふさわしい情況が訪れたと判断したので、思い切って「刊行」に踏み切った次第である。

『天保風雲録』は、私の時代劇戯曲四部作の「第一作」に当たる。

残りの三作品は、その続篇として創られた。そのタイトルは以下の通りである。

『闇の水脈　愛憐慕情篇』
『闇の水脈　風雲龍虎篇』
『闇の水脈外伝　潮騒の声』

これら、私の時代劇戯曲四部作は、いずれも、「ペリーの黒船来航」「開国」より以前の時代を舞台としている。すなわち、尊王攘夷派・倒幕派・佐幕派といった諸勢力が絡まり合い、新選組や坂本龍馬・西郷隆盛・大久保利通・勝海舟ら英雄たちが活躍する維新動乱期を舞台とするものではない。

それは、単に、私がその時代を好まないからだけではない。

見かけだけは派手だが、実はうつろな、開国以後の幕末維新期という時代を舞台として取り上げたのでは、決して視えてこない、大切な諸問題に、敢えて〈物語〉という形式をとりながら照明を当ててみたい、という想いによるものである。

すなわち、私なりの〈近代批判〉の思想的な動機に根ざしたものなのである。

私の時代劇戯曲『闇の水脈』シリーズは、これから、各作品それぞれ二分冊として一作ずつ、本年を含め四年間かけて、順次刊行してゆく予定である。

第二作の『愛憐慕情篇』は、『天保風雲録』で登場した闇の世間師《せけんし》「音羽一家《おとわいっか》」の誕生秘話であり、舞台は『天保風雲録』より六年前の「天保八年」の時空に遡《さかのぼ》る。スリルとサスペンスに満ちた、哀切なエンターテインメント作品となっている。

第三作の『風雲龍虎篇』は、『天保風雲録』の主人公「刈谷新八郎」が音羽一家の世間師「新吉《しんきち》」と名を変え、京都・大坂を舞台に活躍する、波瀾万丈《はらんばんじょう》の物語である。

そして、第四作、『闇の水脈』シリーズ最後の作品『潮騒の声』は、世間師「音羽」の師匠に当たる「村雨《むらさめ》の音吉《おときち》」の物語で、文政七年（一八二四）を舞台としている。『闇の水脈』シリーズ全体の「総括」ともいうべき大作となっている。

私の戯曲は、舞台での上演を目的としていない。つまり、俳優の演技というものを前提とした「脚本」ではない。

詩や小説や評論と同じく、あくまでも、「言葉の芸術」として「自立」した作品となっている。

私はあくまでも文芸評論家である。

私にとって、戯曲の創作は、創造行為としての文芸評論の延長上に位置するものであり、また、散文詩と評論が独自の形で融合した芸術の一形式なのである。

時代劇の〈物語〉という具象性の場を、エンターテインメントの〈枠組〉として使いながらも、小説のように、個々の具象物の描写や演出の細部にこだわることもなく、また、詩や評論のように、抽象的に過ぎることもない。

具象的でありながら、あくまでも抽象的な虚構空間を演出することで、そこに、実存的にリアルな、新鮮にして「懐かしい」空気感を、ひとつのメタファー（暗喩）として立ち上がらせる。

それが、私の『闇の水脈』シリーズの狙いである。

なお、戯曲には直接登場しないが、本書『天保風雲録』における重要人物の一人「高野長英」の人物造型に当たっては、故・鶴見俊輔氏の名著『高野長英』（朝日評伝選）を参考にさせて頂いたことを、お断りしておきたい。

鶴見氏には、かつて、私どもの文学・思想誌「星辰《せいしん》」をお読み頂いており、氏とは深い魂の交流があった。

本作を、氏のご霊前に捧げたいと思う。

二〇二一年四月

川喜田八潮

●著者プロフィール

**川喜田 八潮（かわきた やしお）**

劇作家・文芸評論家。1952年京都市生まれ。京都大学工学部中退。後、同志社大学文学部に編入学・卒業。駿台予備学校日本史科講師、成安造形大学特任助教授を歴任。1998年より2006年まで、文学・思想誌「星辰」を主宰。2016年に、川喜田晶子と共にブログ「星辰－Sei-shin－」を開設。批評文・書評など多数掲載。著書に『〈日常性〉のゆくえ―宮崎アニメを読む』（1992年　JICC出版局）、『脱〈虚体〉論―現在に蘇るドストエフスキー』（1996年　日本エディタースクール出版部）、『脱近代への架橋』（2002年　葦書房）。川喜田晶子との共著に『J-POPの現在 I〈生き難さ〉を超えて』（2019年　パレード）『J-POPの現在 II かたわれ探しの旅』（2020年　パレード）。

# 闇の水脈　天保風雲録　第二部

2021年10月15日　第1刷発行

著　者　川喜田八潮《かわきたやしお》

発行者　太田宏司郎
発行所　株式会社パレード
大阪本社　〒530-0043　大阪府大阪市北区天満2-7-12
TEL 06-6351-0740　FAX 06-6356-8129
東京支社　〒151-0051　東京都渋谷区千駄ヶ谷2-10-7
TEL 03-5413-3285　FAX 03-5413-3286
https://books.parade.co.jp
発売元　株式会社星雲社（共同出版社・流通責任出版社）
〒112-0005　東京都文京区水道1-3-30
TEL 03-3868-3275　FAX 03-3868-6588
印刷所　中央精版印刷株式会社

本書の複写・複製を禁じます。落丁・乱丁本はお取り替えいたします。
©Yashio Kawakita 2021 Printed in Japan
ISBN 978-4-434-29350-4 C0093